爱阅读课程化丛书/快乐读书吧

爱阅读

匆匆

朱自清／著
立　人／编

无障碍精读版

课外阅读佳作，爱阅读课程化丛书

分级阅读点拨 · 重点精批详注 · 名师全程助读 · 扫清阅读障碍

成都地图出版社

图书在版编目（CIP）数据

匆匆 / 朱自清著 ; 立人编. -- 成都 : 成都地图出版社有限公司, 2022.6

（爱阅读）

ISBN 978-7-5557-1962-5

Ⅰ. ①匆… Ⅱ. ①朱… ②立… Ⅲ. ①散文集—中国—现代 Ⅳ. ①I266

中国版本图书馆CIP数据核字（2022）第062485号

AI YUEDU：CONGCONG

爱阅读：匆匆

朱自清 / 著　立　人 / 编

—— 阅读·成长 ——

出 版 人　鄢来勇

项目监制　王莉莉　田　鹏
营销编辑　田金香　吴　淼
责任编辑　陈　红
绘　　图　书香文雅
版式设计　书香文雅
封面设计　宋双成
排版制作　书香文雅
责任印制　李苏成

出版发行　成都地图出版社有限公司
（成都市龙泉驿区建设路 2 号　邮政编码：610100）
印　　刷　三河市祥宏印务有限公司
版　　次　2022 年 6 月第 1 版
印　　次　2022 年 6 月第 1 次印刷
开　　本　680mm×960mm　1/16
印　　张　11.5
字　　数　152千
定　　价　24.80 元
书　　号　ISBN 978-7-5557-1962-5

扬州的夏日

我所见的叶圣陶

南京

论百读不厌

论东西

我是扬州人

总序

北京书香文雅图书文化有限公司的李继勇先生与我联系，说他们策划了一套“爱阅读”丛书，读者对象主要是中小学生，可以作为学生的课外阅读用书，希望我写篇序。作为一名语文教育工作者，为学生推荐这套优秀课外读物责无旁贷，在最近“双减”政策的大背景下，也更有意义。

一、“双减”以后怎么办？

前不久，中共中央办公厅、国务院办公厅印发了《关于进一步减轻义务教育阶段学生作业负担和校外培训负担的意见》，对义务教育阶段学生的作业和校外培训作出严格规定。这是一件好事。曾几何时，我们的中小学生作业负担重，不少孩子不是在各种各样的培训班里，就是在去培训班的路上。孩子们“学”无宁日，备尝艰辛；家长们焦虑不安，苦不堪言。校外培训机构为了增强吸引力，到处挖墙脚；有些老师受利益驱使，不能安心从教，导致社会怨声载道。他们的行为破坏了教育生态，违背了教育规律，严重影响了我国教育改革发展。教育是什么？教育是唤醒，是点燃，是激发。而校外培训的噱头仅仅是提高考试成绩，让孩子在中高考中占得先机。他们的广告词是“提高一分，干掉千人”，大肆渲染“分数为王”，在这种压力之下，孩子们面对的是“分萧萧兮题海寒”，不得不深陷题海，机械刷题。假如只有一部分孩子上培训班，提高的可能是分数。但是，如果大多数孩子或者所有孩子都去上培训班，那提高的就不是分数，而只是分数线。教育的根本任务是立德树人，是培根铸魂，是启智增慧，是德智体美劳全面发展，是培养社会主义建设者和接班人，是为中华民族伟大复兴提供人才，而不是培养只会考试的“机器”，更不能被资本所绑架。所以中央才“出重拳”“放实招”，目的就是要减轻学生过重的课业负担，减轻家长过重的经济和精神负担。

“双减”政策出台后，学生们一片欢呼，再也不用在各种培训班之间来回奔波了，但家长产生了新的焦虑：孩子学习成绩怎么办？而对学校老师来说，这是一个新挑战、新任务，当然也是新机遇。学生在校时间增加，要求老师提升教学水平，科学合理布置作业，同时开展课外延伸服务，事实上是老师陪伴学生的时间增加了。这部分在校时间怎么安排？如何让学生利用好课外时间？这一切考验着老师们的智慧，而开展各种课外活动正好可以解决这个难题，比如：热爱人文的，可以开展阅读写作、演讲辩论、学习传统文化和民风民俗等社团活动；喜爱数理的，可以组织科普科幻、实验研究、统计测量、天文观测等兴趣小组；也可以开展体育比赛、艺术体验（音乐、美术、书法、戏剧）和劳动教育等实践活动。当然，所有的活动都应以培养学生的兴趣爱好为目的，以自愿参加为前提。学校开展课后服务，可以多方面拓展资源，比如博物馆、图书馆、科技馆、陈列馆、少年宫、青少年活动中心，甚至校外培训机构的优质服务资源，还可组织征文比赛、志愿服务、社会调查等，助力学生全面发展。

二、课外阅读新机遇

近年来，“新课标”“新教材”“新高考”成为语文教育改革的热词。前不久，我看到一个视频，说语文在中高考中的地位提高了，难度也加大了。这种说法有一定道理，但并不准确。说它有一定道理，是因为语文能力主要指一个人的阅读和写作能力，而阅读和写作能力又是一个人综合素养的体现。语文能力强，有助于学习别的学科。比如：数学、物理中的应用题，如果阅读能力上不去，读不懂题干，便不能准确把握解题要领，也就没法准确答题；英语中的英译汉、汉译英题更是考查学生的语言表达能力；历史题和政治题往往是给一段材料，让学生去分析、判断，得出结论，并表述自己的观点或看法。从这点来说，语文在中高考中的地位提高有一定道理。说它不准确，有两个方面的理由：一是语文学科本来就重要，不是现在才变得重要，之所以产生这种错觉，是因为在应试教育的背景下，语文的重要性被弱化了；二是语文考试的难度并没有增加，增加的只是阅读思维的宽度和广度，考查的是阅读理解、信息筛选、应用写作、语言表达、批判性思维、辩证思维等关键能力。可以说，真正的素质教育必须重视语文，因为语文是工具，是基础。不少家长和教师认为课外阅读浪费学习时间，这主要是教育观念问题。他们之所以有这种想法，无非是认为考试才是最终目的，希望孩子可以把更多时间用在刷题上。他们只看到课标和教材的变化，以为考试还是过去那一套，其实，考试评价已发生深刻变革。目前，考试评价改革与新课标、新教材改革是同向同行的，都是围绕立德树人做文章。中共中央、国务院印发的《深化新时代教育评价改革总体方案》明确指出："稳步推进中高考改革，构建引导学生德智体美劳全面发展的考试内容体系，改变相对固化的试题形式，增强试题开放性，减少死记硬背和'机械刷题'现象。"显然就是要用中高考"指挥棒"引领素质教育。新高考招生录取强调"两依据，一参考"，即以高考成绩和高中学业水平考试成绩为依据，以综合素质评价为参考。这也就是说，高考成绩不再是高校选拔新生的唯一标准，不只看谁考的分数高，还要看谁更有发展潜力、更有创造性、综合素质更高，从而实现由"招分"向"招人"的转变。而这绝不是仅凭一张高考试卷能够区分出来的，"机械刷题"无助于全面发展，必须在课内学习的基础上，辅之以内容广泛的课外阅读，才能全面提高综合素养。

三、"爱阅读"助力成长

这套"爱阅读"丛书是为中小学生量身打造的，符合《义务教育语文课程标准》倡导的"好读书、读好书、读整本的书"的课改理念，可以作为学生课内学习的有益补充。我一向认为，要学好语文，一要读好三本书，二要写好两篇文，三要养成四个好习惯。三本书指"有字之书""无字之书"和"心灵之书"，两篇文指"规矩文"和"放胆文"，四个好习惯指享受阅读的习惯、善于思考的习惯、乐于表达的习惯和自主学习的习惯。古人说“读万卷书，行万里路”，实际上就是要处理好读书与实践的关系。对于中小学生来说，读书首先是读好“有字之书”。“有字之书”，有课本，有课外自读课本，还有“爱阅读”这样的课外读物。读书时我们不能眉毛胡子一把抓，要区分不同的书，采取不同的读法。一般说来，有精读，有略读。精读需要字斟句酌，需要咬文嚼字，但费时费力。当然也不是所有的书都需要精读，可以根据自己的需要决定精读还是略读。新课标提倡中小学生进行整本书阅读，但是学生往往不能耐着性子读完一整本书。新课标提倡的整本书阅读，主要是针对过去的单篇教学来说的，并不是说每本书都要从头读到尾。教材设计的练习项目也是有弹性的、可选择的，不可能有统一的“阅读计划”。我的建议是，整本书阅读应把精读、略读与浏览结合起来，精读重在示范，略读重在博览，浏览略观大意即可，三者相辅相成，不宜偏于一隅。不仅如此，学生还可以把阅读与写作、读书与实践、课内与课外结合起来。整本书阅读重在掌握阅读方法，拓展阅读视野，培养读书兴趣，养成阅读习惯。

再说写好两篇文。学生读得多了，素养提高了，自然有话想说，有自己的观点和看法要发表。发表的形式可以是口头的，也可以是书面的，书面表达就是写作。写好两篇文，一篇规矩文，一篇放胆文。规矩文重打基础，放胆文更见才气。规矩文要求练好写作基本功，包括审题、立意、选材、构思等，同时还要掌握记叙文、议论文、说明文、应用文的基本要领和写作规范。规矩文的写作要在教师的指导下进行。放胆文则鼓励学生放飞自我、大胆想象，各呈创意、各展所长，尤其是展现自己的应用写作能力、语言表达能力、批判性思维能力和辩证思维能力。放胆文的写作可以多种多样，除了大作文，也可以写小作文。有兴趣的还可以进行文学创作，写诗歌、小说、散文、剧本等。

学习语文还要养成四个好习惯。第一，享受阅读的习惯。爱阅读非常重要。每个同学都应该有自己的个性化书单，有的同学喜欢网络小说也没有关系，但需要防止沉迷其中，钻进“死胡同”。这套“爱阅读”丛书，就给中小学生课外阅读提供了大量古今中外的名家名作。第二，善于思考的习惯。在这个大众创业、万众创新的时代，创新人才的标准，已不再是把已有的知识烂熟于心，而是能够独立思考，敢于质疑，能够自己去发现问题、提出问题和解决问题，需要具有探究质疑能力、独立思考能力、批判性思维和辩证思维能力。第三，乐于表达的习惯。表达的乐趣在于说或写的过程，这个过程比说得好、写得完美更重要。写作形式可以不拘一格，比如作文、日记、笔记、随笔、漫画等。第四，自主学习的习惯。我的地盘我做主，我的语文我做主。不是为老师学，也不是为父母长辈学，而是为自己的精神成长学，为自己的未来学。

愿广大中小学生能借助这套“爱阅读”丛书，真正爱上阅读，插上想象的翅膀，飞向未来的广阔天地！

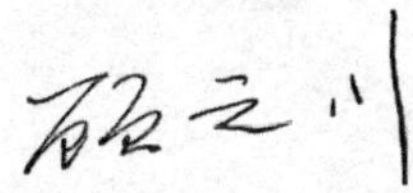

2021年10月15日

写于京东大运河畔之两不厌居

阅读领航

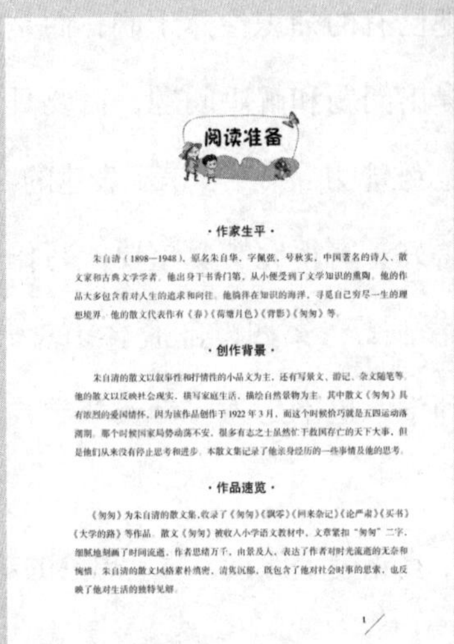

阅读准备

·作家生平·

朱自清（1898—1948），原名朱自华，字佩弦，号秋实，中国著名的诗人、散文家和古典文学学者。他出身于书香门第，从小便受到了文学知识的熏陶。他的作品大多包含着对人生的追求和向往。他徜徉在知识的海洋，寻觅自己穷尽一生的理想境界。他的散文代表作有《春》《荷塘月色》《背影》《匆匆》等。

·创作背景·

朱自清的散文以叙事性和抒情性的小品文为主，还有写景文、游记、杂文随笔等。他的散文以反映社会现实、描写家庭生活、描绘自然景物为主。其中散文《匆匆》具有浓烈的爱国情怀，因为该作品创作于1922年3月，而这个时候恰巧就是五四运动落潮期。那个时候国家局势动荡不安，很多有志之士虽然忙于救国存亡的天下大事，但是他们从来没有停止思考和进步。本散文集记录了他亲身经历的一些事情及他的思考。

·作品速览·

《匆匆》为朱自清的散文集，收录了《匆匆》《飘零》《回来杂记》《论严肃》《买书》《大学的路》等作品。散文《匆匆》被收入小学语文教材中，文章紧扣“匆匆”二字，细腻地刻画了时间流逝，作者思绪万千，由景及人，表达了作者对时光流逝的无奈和惋惜。朱自清的散文风格素朴缜密，清隽沉郁，既包含了他对社会时事的思索，也反映了他对生活的独特见解。

1

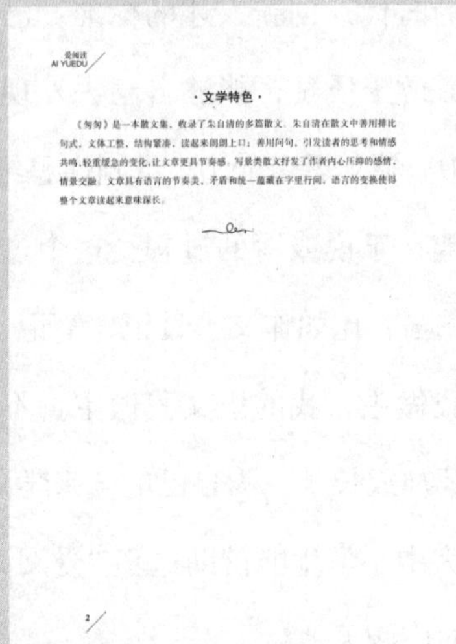

爱阅读 AI YUEDU

·文学特色·

《匆匆》是一本散文集，收录了朱自清的多篇散文。朱自清在散文中善用排比句式，文体工整，结构紧凑，读起来朗朗上口；善用问句，引发读者的思考和情感共鸣，轻重缓急的变化，让文章更具节奏感。写景类散文抒发了作者内心压抑的感情，情景交融。文章具有语言的节奏美，矛盾和统一蕴藏在字里行间，语言的变换使得整个文章读起来意味深长。

2

阅读准备

“作家生平”，走近作家，一睹作家风采；“创作背景”，了解作品创作的时代背景；“作品速览”，把握故事全貌、主题意蕴；“文学特色”，发掘作品深刻的文学价值，以增进理解，提高阅读效率。

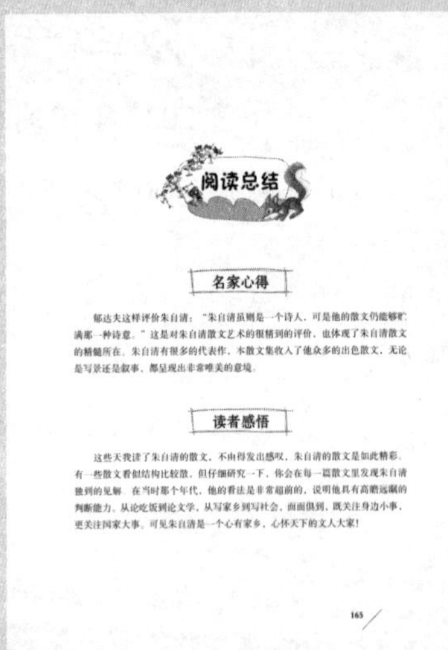

阅读总结

名家心得

郁达夫这样评价朱自清：“朱自清虽则是一个诗人，可是他的散文仍能够贮满那一种诗意。”这是对朱自清散文艺术的很精到的评价，也体现了朱自清散文的精髓所在。朱自清有很多的代表作，本散文集收入了他众多的出色散文，无论是写景还是叙事，都呈现出非常唯美的意境。

读者感悟

这些天我读了朱自清的散文，不由得发出感叹，朱自清的散文是如此精彩。有一些散文看似结构比较散，但仔细研究一下，你会在每一篇散文里发现朱自清独到的见解。在当时那个年代，他的看法是非常超前的，说明他具有高瞻远瞩的判断能力。从论吃饭到论文学，从写家乡到写社会，面面俱到，既关注身边小事，更关注国家大事。可见朱自清是一个心有家乡，心怀天下的文人大家！

165

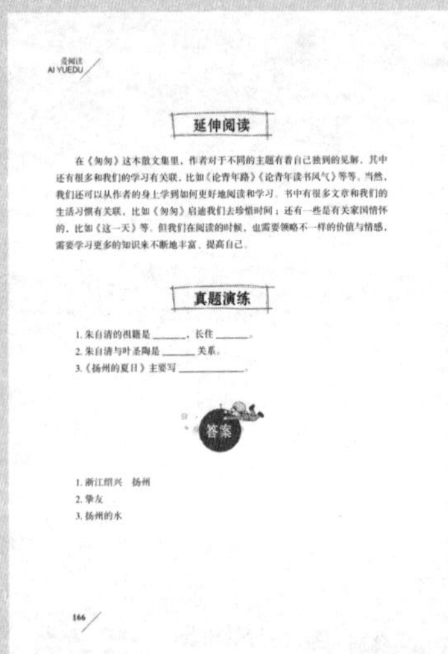

爱阅读 AI YUEDU

延伸阅读

在《匆匆》这本散文集里，作者对于不同的主题有着自己独到的见解，其中还有很多和我们的学习有关联，比如《论青年路》《论青年读书风气》等等。当然，我们还可以从作者的身上学到如何更好地阅读和学习。书中有很多文章和我们的生活习惯有关联，比如《匆匆》启迪我们去珍惜时间；还有一些是有关家国情怀的，比如《这一天》等。但我们在阅读的时候，也需要领略不一样的价值与情感，需要学习更多的知识来不断地丰富、提高自己。

真题演练

1. 朱自清的祖籍是______，长住______。
2. 朱自清与叶圣陶是______关系。
3. 《扬州的夏日》主要写____________。

答案

1. 浙江绍兴　扬州
2. 挚友
3. 扬州的水

166

阅读总结

“名家心得”，听听名家怎么说；“读者感悟”，看看别人怎么想；“阅读拓展”，帮你丰富文学知识，增强艺术感受力；“真题演练”，考查阅读本书后的效果，是对阅读成果的巩固和总结。习题具有一定的延伸性和拓展性，对于没有回答上来的问题，读者可以借此发现阅读上的不足，心中带着疑问，为下一次的精读做好准备。

接受文学名著的滋养，读写贯通，读为写用，读写双升

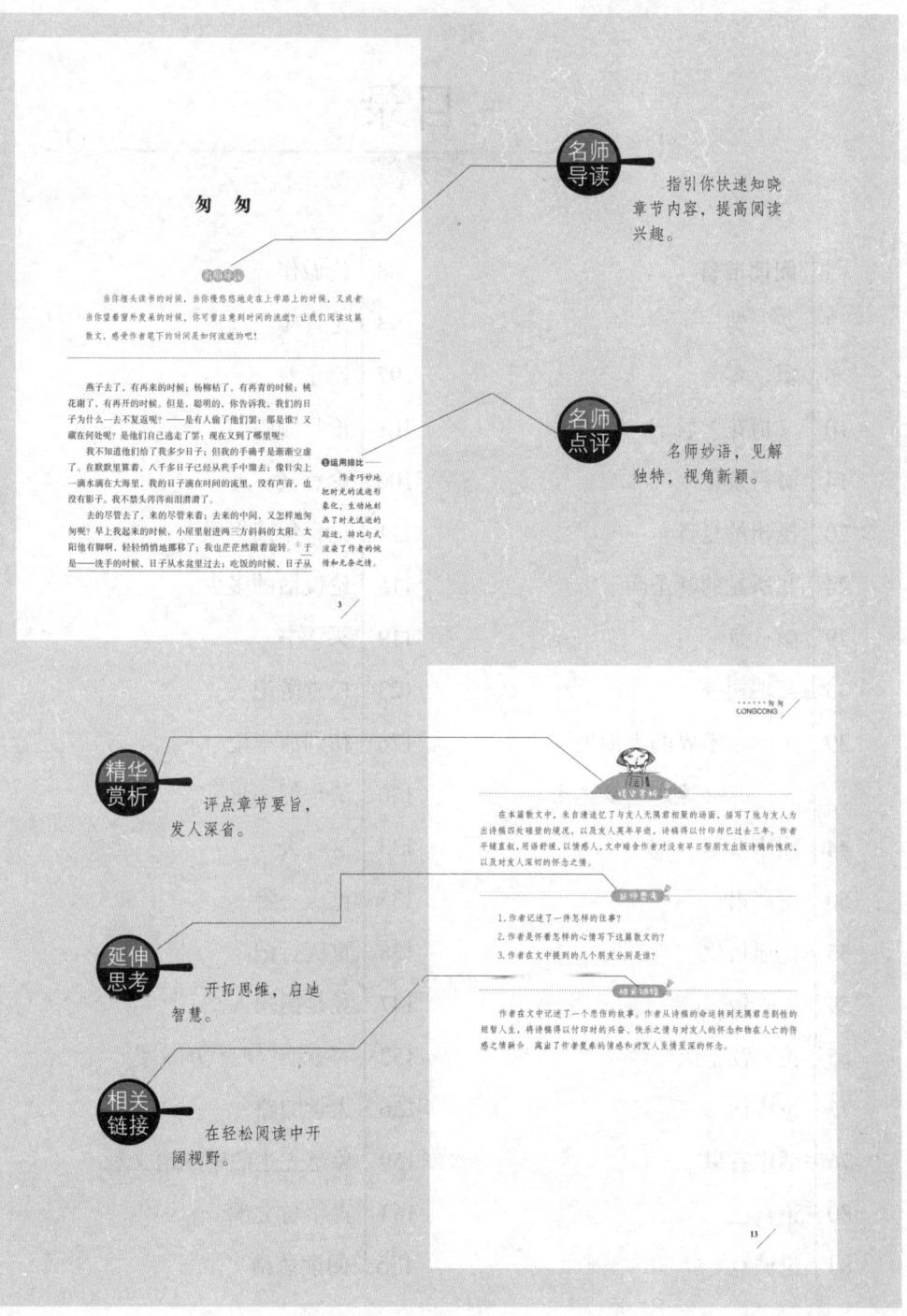

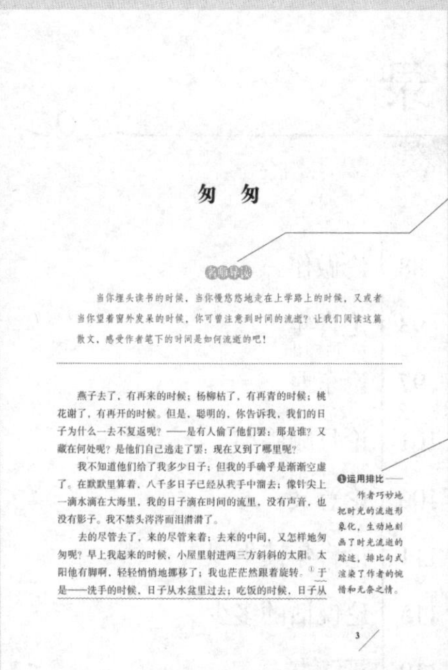

匆　匆

当你埋头读书的时候，当你慢悠悠地走在上学路上的时候，又或者当你望着窗外发呆的时候，你可曾注意到时间的流逝？让我们阅读这篇散文，感受作者笔下的时间是如何流逝的吧！

燕子去了，有再来的时候；杨柳枯了，有再青的时候；桃花谢了，有再开的时候。但是，聪明的，你告诉我，我们的日子为什么一去不复返呢？——是有人偷了他们罢：那是谁？又藏在何处呢？是他们自己逃走了罢：现在又到了哪里呢？

我不知道他们给了我多少日子；但我的手确乎是渐渐空虚了。在默默里算着，八千多日子已经从我手中溜去；像针尖上一滴水滴在大海里，我的日子滴在时间的流里，没有声音，也没有影子。我不禁头涔涔而泪潸潸了。

去的尽管去了，来的尽管来着；去来的中间，又怎样地匆匆呢？早上我起来的时候，小屋里射进两三方斜斜的太阳。太阳他有脚啊，轻轻悄悄地挪移了；我也茫茫然跟着旋转。[1]于是——洗手的时候，日子从水盆里过去；吃饭的时候，日子从

❶运用排比——作者巧妙地把时光的流逝形象化，生动地刻画了时光流逝的踪迹，排比句式渲染了作者的惋惜和无奈之情。

3

名师导读

指引你快速知晓章节内容，提高阅读兴趣。

名师点评

名师妙语，见解独特，视角新颖。

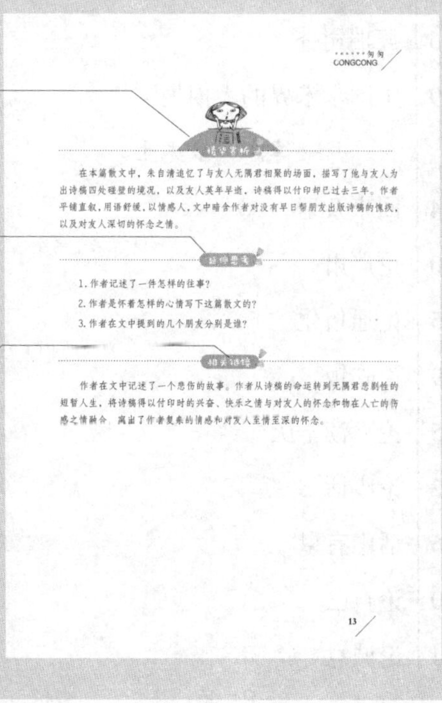

匆匆
CONGCONG

在本篇散文中，朱自清追忆了与友人无隅君相聚的场面，描写了他与友人为出诗稿四处碰壁的境况，以及友人英年早逝，诗稿得以付印却已过去三年。作者平铺直叙，用语舒缓，以情感人，文中暗含作者对没有早日帮朋友出版诗稿的愧疚，以及对友人深切的怀念之情。

1. 作者记述了一件怎样的往事？
2. 作者是怀着怎样的心情写下这篇散文的？
3. 作者在文中提到的几个朋友分别是谁？

作者在文中记述了一个悲伤的故事。作者从诗稿的命运转到无隅君悲剧性的短暂人生，将诗稿得以付印时的兴奋、快乐之情与对友人的怀念和物在人亡的伤感之情融合，寓出了作者复杂的情感和对友人至情至深的怀念。

13

精华赏析

评点章节要旨，发人深省。

延伸思考

开拓思维，启迪智慧。

相关链接

在轻松阅读中开阔视野。

Contents

目录

·作家生平·

朱自清（1898—1948），原名朱自华，字佩弦，号秋实，中国著名的诗人、散文家和古典文学学者。他出身于书香门第，从小便受到了文学知识的熏陶。他的作品大多包含着对人生的追求和向往。他徜徉在知识的海洋，寻觅自己穷尽一生的理想境界。他的散文代表作有《春》《荷塘月色》《背影》《匆匆》等。

·创作背景·

朱自清的散文以叙事性和抒情性的小品文为主，还有写景文、游记、杂文随笔等。他的散文以反映社会现实，描写家庭生活，描绘自然景物为主。其中散文《匆匆》具有浓烈的爱国情怀，因为该作品创作于 1922 年 3 月，而这个时候恰巧就是五四运动落潮期。那个时候国家局势动荡不安，很多有志之士虽然忙于救国存亡的天下大事，但是他们从来没有停止思考和进步。本散文集记录了他亲身经历的一些事情及他的思考。

·作品速览·

《匆匆》为朱自清的散文集，收录了《匆匆》《飘零》《回来杂记》《论严肃》《买书》《大学的路》等作品。散文《匆匆》被收入小学语文教材中，文章紧扣“匆匆”二字，细腻地刻画了时间流逝，作者思绪万千，由景及人，表达了作者对时光流逝的无奈和惋惜。朱自清的散文风格素朴缜密，清隽沉郁，既包含了他对社会时事的思索，也反映了他对生活的独特见解。

·文学特色·

《匆匆》是一本散文集，收录了朱自清的多篇散文。朱自清在散文中善用排比句式，文体工整，结构紧凑，读起来朗朗上口；善用问句，引发读者的思考和情感共鸣,轻重缓急的变化,让文章更具节奏感。写景类散文抒发了作者内心压抑的感情，情景交融。文章具有语言的节奏美，矛盾和统一蕴藏在字里行间，语言的变换使得整个文章读起来意味深长。

匆 匆

名师导读

当你埋头读书的时候，当你慢悠悠地走在上学路上的时候，又或者当你望着窗外发呆的时候，你可曾注意到时间的流逝？让我们阅读这篇散文，感受作者笔下的时间是如何流逝的吧！

燕子去了，有再来的时候；杨柳枯了，有再青的时候；桃花谢了，有再开的时候。但是，聪明的，你告诉我，我们的日子为什么一去不复返呢？——是有人偷了他们罢：那是谁？又藏在何处呢？是他们自己逃走了罢：现在又到了哪里呢？

我不知道他们给了我多少日子；但我的手确乎是渐渐空虚了。在默默里算着，八千多日子已经从我手中溜去；像针尖上一滴水滴在大海里，我的日子滴在时间的流里，没有声音，也没有影子。我不禁头涔涔而泪潸潸了。

去的尽管去了，来的尽管来着；去来的中间，又怎样地匆匆呢？早上我起来的时候，小屋里射进两三方斜斜的太阳。太阳他有脚啊，轻轻悄悄地挪移了；我也茫茫然跟着旋转。[1] 于是——洗手的时候，日子从水盆里过去；吃饭的时候，日子从

❶运用排比

作者巧妙地把时光的流逝形象化，生动地刻画了时光流逝的踪迹，排比句式渲染了作者的惋惜和无奈之情。

饭碗里过去；默默时，便从凝然的双眼前过去。我觉察他去的匆匆了，伸出手遮挽时，他又从遮挽着的手边过去，天黑时，我躺在床上，他便伶伶俐俐地从我身上跨过，从我脚边飞去了。等我睁开眼和太阳再见，这算又溜走了一日。我掩着面叹息。但是新来的日子的影儿又开始在叹息里闪过了。

读书笔记

在逃去如飞的日子里，在千门万户的世界里的我能做些什么呢？只有徘徊罢了，只有匆匆罢了；在八千多日的匆匆里，除徘徊外，又剩些什么呢？过去的日子如轻烟，被微风吹散了，如薄雾，被初阳蒸融了；我留着些什么痕迹呢？我何曾留着像游丝样的痕迹呢？我赤裸裸来到这世界，转眼间也将赤裸裸的回去罢？但不能平的，为什么偏要白白走这一遭啊？

你聪明的，告诉我，我们的日子为什么一去不复返呢？

1922 年 3 月 28 日

精华赏析

也许我们没有注意到，在低头洗手的时候，日子从水盆里流过；吃饭的时候，时间从饭碗里流过……作者观察细腻，情感真挚，语言朴实，让我们也体会到时间的流逝。我们总说“明日复明日”，可明日又何其多，我们应该珍惜眼前的时光，去做更多有意义的事情。

延伸思考

1. 通过作者的观察，日子从哪些地方流过去了？

2. 作者感慨在逝去如飞的日子里能做些什么？

3. 从这篇文章里我们可以得到什么启发？

相关链接

作者在这篇文章里展示了很多关于时间的个人思考：在不经意的时候，日子从指缝中流走，每个毫不起眼的瞬间，都伴随着时光的流逝。所以，在这逝去如飞的日子里，我们应该珍惜当下，做更好的自己。

飘　零

名师导读

当你发现身边有人总是专心致志研究某一项目时，总有人称他为“疯子”，那你可曾想过走进他的世界，换一个角度去了解他呢？让我们带着这样的疑问，走进下面这个故事吧！

读书笔记

一个秋夜，我和P坐在他的小书房里，在晕黄的电灯光下，谈到W的小说。

“他还在河南吧？C大学那边很好吧？”我随便问着。

“不，他上美国去了。”

“美国？做什么去？”

“你觉得很奇怪吧？——波定谟约翰郝勃金医院打电报约他做助手去。”

“哦！就是他研究心理学的地方！他在那边成绩总很好？——这回去他很愿意吧？”

“不见得愿意。他动身前到北京来过，我请他在启新吃饭；他很不高兴的样子。”

“这又为什么呢？”

“他觉得中国没有他做事的地方。”

“他回来才一年呢。C 大学那边没有钱吧？”

“不但没有钱。他们说他是疯子！”

“疯子！”

我们默然相对，暂时无话可说。

我想起第一回认识 W 的名字，是在《新生》杂志上。那时我在 P 大学读书，W 也在那里。我在《新生》上看见的是他的小说；但一个朋友告诉我，他心理学的书读得真多；P 大学图书馆里所有的，他都读了。文学书他也读得不少。他说他是无一刻不读书的。我第一次见他的面，是在 P 大学宿舍的走道上；他正和朋友走着。有人告诉我，这就是 W 了。①微曲的背，小而黑的脸，长头发和近视眼，这就是 W 了。以后我常常看他的文字，记起他这样一个人。有一回我拿一篇心理学的译文，托一个朋友请他看看。他逐一给我改正了好几十条，不曾放松一个字。永远的惭愧和感谢留在我心里。

❶外貌描写

作者用近乎白描的笔法，勾勒了 W 平凡的容貌，语言简洁却令人印象深刻。

我又想到杭州那一晚上。他突然来看我了。他说和 P 游了三日，明早就要到上海去。他原是山东人；这回来上海，是要上美国去的。我问起哥伦比亚大学的《心理学，哲学，与科学方法》杂志，我知道那是有名的杂志。但他说里面往往一年没有一篇好文章，没有什么意思。他说近来各心理学家在英国开了一个会，有几个人的话有味。他又用铅笔随便的在桌上一本簿子的后面，写了《哲学的科学》一个书名与其出版处，说是新书，可以看看。他说要走了。我送他到旅馆里。见他床上摊着一本《人生与地理》，随便拿过来翻着。他说这本小书很著名，很好的。我们在晕黄的电灯光下，默然相对了一会，又问答了几句简单的话；我就走了。直到现在，还不曾见过他。

读书笔记

他到美国去后，初时还写了些文字，后来就没有了。他的名字，在一般人心里，已如远处的云烟了。我倒还记着他。两三年以后，才又在《文学日报》上见到他一篇诗，是写一种清趣的。我只念过他这一篇诗。他的小说我却念过不少；最使我不能忘记的是那篇《雨夜》，是写北京人力车夫的生活的。W

是学科学的人，应该很冷静，但他的小说却又很热很热的。

这就是 W 了。

P 也上美国去，但不久就回来了。他在波定谟住了些日子，W 是常常见着的。他回国后，有一个热天，和我在南京清凉山上谈起 W 的事。①他说 W 在研究行为派的心理学。他几乎终日在实验室里；他解剖过许多老鼠，研究它们的行为。P 说自己本来也愿意学心理学的；但看了老鼠临终的颤动，他执刀的手便战战的放不下去了。因此只好改行。而 W 是“奏刀圣騞然”，“踌躇满志”，P 觉得那是不可及的。P 又说 W 研究动物行为既久，看明它们所有的生活，只是那几种生理的欲望，如食欲、性欲，所玩的把戏，毫无什么大道理存乎其间。因而推想人的生活，也未必别有何种高贵的动机；我们第一要承认我们是动物，这便是真人。W 的确是如此做人的。P 说他也相信 W 的话；真的，P 回国后的态度是大大的不同了。W 只管做他自己的人，却得着 P 这样一个信徒，他自己也未必料得着的。

❶细节描写

通过描写 W 在实验科学上的专注和执着，突出了 W 对科学研究的热情和才能，丰富了 W 的人物形象，和前文中认真钻研书籍的 W 相互照应。

P 又告诉我 W 恋爱的故事。是的，恋爱的故事！P 说这是一个日本人，和 W 一同研究的，但后来走了，这件事也就完了。P 说得如此冷淡，毫不像我们所想的恋爱的故事！P 又曾指出《来日》上 W 的一篇《月光》给我看。这是一篇小说，叙述一对男女趁着月光在河边一只空船里密谈。那女的是个有夫之妇。这时四无人迹，他俩谈得亲热极了。但 P 说 W 的胆子太小了，所以这一回密谈之后，便撒了手。这篇文字是 W 自己写的，虽没有如火如荼的热闹，但却别有一种意思。科学与文学，科学与恋爱，这就是 W 了。

读书笔记

“‘疯子’！”我这时忽然似乎彻悟了说，“也许是的吧？我想。一个人冷而又热，是会变疯子的。”

“唔，”P 点头。

“他其实大可以不必管什么中国不中国了；偏偏又恋恋不舍的！”

“是啰。W 这回真不高兴。K 在美国借了他的钱。这回他到北京，特地老远的跑去和K要钱。K的没钱，他也知道；他也并不指望这笔钱用。只想借此去骂他一顿罢了，据说拍了桌子大骂呢！”

“这与他的写小说一样的道理呀！唉，这就是W了。”

P无语，我却想起一件事：

“W到美国后有信来么？”

“长远了，没有信。”

[1] 我们于是都又默然。

❶情感表达

文章前后的两次“默然”，体现了作者对W怀才不遇的愤慨、哀伤却又无可奈何之情。

1926年7月20日，白马湖

精华赏析

作者用平淡的口吻来诉说飘零在海外的W先生。整篇文章虽然是平铺直叙，但是却包含着一丝忧伤，笼罩着一股压抑情绪。W先生这样一位富有才华与热情、个性十足、见解独到的青年，却被外界称为“疯子”，因而无法施展抱负，实在令人惋惜。

延伸思考

1. 文章中的哪一句是对W的外貌描写？
2. 你认为W先生是一位怎样的人？
3. W和作者后来还有联系吗？

相关链接

这篇文章主要介绍了作者和友人对W先生的怀念。W先生是一位醉心于心理学研究的人，他为人处世认真、细心，对待文学热情，在科学研究上专注、有见解。他对社会有着冷静的认识，对人性有悲观的理解，却仍怀有期望。作者在W先生身上看到了理想与现实的碰撞。

《梅花》后记

名师导读

我们会成长，会改变，也会经历离别，但不变的是人与人之间的那抹温情，那份友情。朱自清在本文中描述了怎样的情感呢？一起来阅读吧！

这一卷诗稿的运气真坏！我为它碰过好几回壁，几乎已经绝望。现在承开明书店主人的好意，答应将它印行，让我尽了对于亡友的责任，真是感激不尽！

偶然翻阅卷前的序，后面记着一九二四年二月；算来已是四年前的事了。而无隅的死更在前一年。这篇序写成后，曾载在《时事新报》的《文学旬刊》上。①那时即使有人看过，现在也该早已忘怀了吧？无隅的棺木听说还停在上海某处；但日月去的这样快，五年来人事代谢，即在无隅的亲友，他的名字也已有点模糊了吧？想到此，颇有些莫名的寂寞了。

❶设问

作者巧用设问，来抒发内心的感伤，表达自己对友人的怀念和追忆。

我与无隅末次聚会，是在上海西门三德里（？）一个楼上。那时他在美术专门学校学西洋画，住着万年桥附近小衖堂里一个亭子间。我是先到了那里，再和他同去三德里的。那一暑假，我从温州到上海来玩儿；因为他春间交给我的这诗稿还未改好，所以一面访问，一面也给他个信。见面时，他那瘦黑的，微笑的脸，还和春间一样；从我认识他时，他的脸就是这样。我怎么也想不到，隔了不久的日子，他会突然离我们而去！——但我在温州得信很晚，记得仿佛已在他死后一两个月；那时我还忙着改这诗稿，打算寄给他呢。

他似乎没有什么亲戚朋友，至少在上海是如此。他的病情和死期，没人能说得清楚，我至今也还有些茫然；只知道病来得极猛，而又没钱好好医治而已。后事据说是几个同乡的学生凑了钱办的。他们大抵也没钱，想来只能草草收殓罢了。棺木是寄在某处。他家里想运回去，苦于没有这笔钱——虽然不过几十元。他父亲与他朋友林醒民君都指望这诗稿能卖得一点钱。不幸碰了四回壁，还留在我手里；四个年头已飞也似地过去了。自然，这其间我也得负多少因循的责任。直到现在，卖是卖了，①想起无隅的那薄薄的棺木，在南方的潮湿里，在数年的尘封里，还不知是什么样子！其实呢，一堆腐骨，原无足惜；但人究竟是人，明知是迷执，打破却也不易的。

❶渲染气氛 “薄薄的”从侧面写出无隅家贫，物在人亡，体现了作者强烈的感伤及心中的自责。

无隅的父亲到温州找过我，那大约是一九二二年的春天吧。一望而知，这是一个老实的内地人。他很愁苦地说，为了无隅读书，家里已用了不少钱。谁知道会这样呢？他说，现在无隅还有一房家眷要养活，运棺木的费，实在想不出法。听说他有什么稿子，请可怜可怜，给他想想法吧！我当时答应下来；谁知道一耽搁就是这些年头！后来他还转托了一位与我不相识的人写信问我。我那时已离开温州，因事情尚无头绪，一时忘了作复，从此也就没有音信。现在想来，实在是很不安的。

②我在序里略略提过林醒民君，他真是个值得敬爱的朋友！最热心无隅的事的是他；四年中不断地督促我的是他。我在温州的时候，他特地为了无隅的事，从家乡玉环来看我。又将我删改过的这诗稿，端端正正的钞了一通，给编了目录，就是现在付印的稿本了。我去温州，他也到汉口、宁波各地做事；常

❷强调 作者反复强调林醒民君对诗稿付印之事的关心，既表明自己对他的敬重，又体现他待友的真挚。

有信给我，信里总殷殷问起这诗稿。去年他到南洋去，临行还特地来信催我。他说无隅死了好几年了，仅存的一卷诗稿，还未能付印，真是一件难以放下的心事；请再给向什么地方试试，怎样？他到南洋后，至今尚无消息，海天远隔，我也不知他在何处。现在想寄信由他家里转，让他知道这诗稿已能付印；他定非常高兴的。[1]古语说，“一死一生，乃见交情”；他之于无隅，这五年以来，有如一日，真是人所难能的！

❶引用古语

作者引用古语来表达林醒民君对无隅深切的悼念，凸显出他们深切的交情，体现了一股浓烈的人间至情，竖起人格的丰碑。

关心这诗稿的，还有白采与周了因两位先生。白先生有一篇小说，叫《作诗的儿子》，是纪念无隅的，里面说到这诗稿。那时我还在温州。他将这篇小说由平伯转寄给我，附了一信，催促我设法付印。他和平伯，和我，都不相识；因这一来，便与平伯常常通信，后来与我也常通信了。这也算很巧的一段因缘。我又告诉醒民，醒民也和他写了几回信。据醒民说，他曾经一度打算出资印这诗稿；后来因印自己的诗，力量来不及，只好罢了。可惜这诗稿现在行将付印，而他已死了三年，竟不能见着了！周了因先生，据醒民说，也是无隅的好友。醒民说他要给这诗稿写一篇序，又要写一篇无隅的传。但又说他老是东西飘泊着，没有准儿；只要有机会将这诗稿付印，也就不必等他的文章了。我知道他现在也在南洋什么地方；路是这般远，我也只好不等他了。

春余夏始，是北京最好的日子。我重翻这诗稿，温寻着旧梦，心上倒像有几分秋意似的。

1928 年 5 月 9 日作

精华赏析

在本篇散文中，朱自清追忆了与友人无隅君相聚的场面，描写了他与友人为出诗稿四处碰壁的境况，以及友人英年早逝，诗稿得以付印却已过去三年。作者平铺直叙，用语舒缓，以情感人，文中暗含作者对没有早日帮朋友出版诗稿的愧疚，以及对友人深切的怀念之情。

延伸思考

1. 作者记述了一件怎样的往事?

2. 作者是怀着怎样的心情写下这篇散文的?

3. 作者在文中提到的几个朋友分别是谁?

相关链接

作者在文中记述了一个悲伤的故事。作者从诗稿的命运转到无隅君悲剧性的短暂人生，将诗稿得以付印时的兴奋、快乐之情与对友人的怀念和物在人亡的伤感之情融合，突出了作者复杂的情感和对友人至情至深的怀念。

海行杂记

名师导读

故事大多来源于生活，有时候并没有我们想象的那么离奇、绚丽多彩，反而像这篇文中朴素简单的故事一样。生活中可能会遇到像文中茶房这样的人，看作者是如何用智慧处理的吧！

---

❶交代背景

开篇作者就介绍了故事的背景，说明故事发生在船上。

[1] 这回从北京南归，在天津搭了通州轮船，便是去年曾被盗劫的。盗劫的事，似乎已很渺茫；所怕者船上的肮脏，实在令人不堪耳。这是英国公司的船；这样的肮脏似乎尽够玷污了英国国旗的颜色。但英国人说：这有什么呢？船原是给中国人乘的，肮脏是中国人的自由，英国人管得着！英国人要乘船，会去坐在大菜间里，那边看看是什么样子？那边，官舱以下的中国客人是不许上去的，所以就好了。是的，这不怪同船的几个朋友要骂这只船是“帝国主义”的船了。“帝国主义的船”！我们到底受了些什么“压迫”呢？有的，有的！

我现在且说茶房吧。

我若有常常恨着的人，那一定是宁波的茶房了。他们的地盘，一是轮船，二是旅馆。他们的团结，是宗法社会而兼梁山泊式的；所以未可轻侮，正和别的“宁波帮”一样。他们的职务本是照料旅客；但事实正好相反，旅客从他们得着的只是侮辱，恫吓，与欺骗罢了。[①]中国原有“行路难”之叹，那是因交通不便的缘故；但在现在便利的交通之下，即老于行旅的人，也还时时发出这种叹声，这又为什么呢？茶房与码头工人之艰于应付，我想比仅仅的交通不便，有时更显其“难”吧！所以从前的“行路难”是唯物的；现在的却是唯心的。这固然与社会的一般秩序及道德观念有多少关系，不能全由当事人负责任；但当事人的“性格恶”实也占着一个重要的地位的。

❶运用对比

作者用古今对于“行路难”的不同感叹，说明尽管现在交通便利，但旅途并不顺遂，又用了一个疑问句来开启下文，引起读者的好奇心。

我是乘船既多，受侮不少，所以姑说轮船里的茶房。你去定舱位的时候，若遇着乘客不多，茶房也许会冷脸相迎；若乘客拥挤，你可就倒楣了。他们或者别转脸，不来理你；或者用一两句比刀子还尖的话，打发你走路——譬如说：“等下趟吧。”他说得如此轻松，凭你急死了也不管。大约行旅的人总有些异常，脸上总有一副着急的神气。[②]他们是以逸待劳的，乐得和你开开玩笑，所以一切反应总是懒懒的，冷冷的；你愈急，他们便愈乐了。他们于你也并无仇恨，只想玩弄玩弄，寻寻开心罢了，正和太太们玩弄叭儿狗一样。所以你记着：上船定舱位的时候，千万别先高声呼唤茶房。你不是急于要找他们说话么？但是他们先得训你一顿，虽然只是低低的自言自语：“啥事体啦？哇啦哇啦的！”接着才响声说，“噢，来哉，啥事体啦？”你还得记着：你的话说得愈慢愈好，愈低愈好；不要太客气，也不要太不客气。这样你便是门槛里的人，便是内行；他们固然不见得欢迎你，但也不会玩弄你了。——只冷脸和你简单说话；要知道这已算承蒙青眼，应该受宠若惊的了。

❷平铺直叙

作者用简单明了的语言来刻画茶房待人的冷漠与无情，勾勒出茶房冷漠、懒惰的性格特征。

定好了舱位，你下船是愈迟愈好；自然，不能过了开船的时候。最好开船前两小时或一小时到船上，那便显得你是一个有“涵养工夫”的，非急莘莘的“阿木林”可比了。而且茶房也得上岸去办他自己的事，去早了倒绊住了他；他虽然可托同伴代为招呼，但总之麻烦了。为了客人而麻烦，在他们是不值得，在客人是不必要；所以客人便只好受“阿木林”的待遇了。有时船于明早十时开行，你今晚十点上去，以为晚上总该合式了；但也不然。晚上他们要打牌，你去了足以扰乱他们的清兴；他们必也恨恨不平的。这其间有一种“分”，一种默喻的“规矩”，有一种“门槛经”，你得先做若干次“阿木林”，才能应付得“恰到好处”呢。

❶详细描写

作者将茶房的工作具体交代出来，用事实刻画茶房的丑陋形象，来证明茶房懒惰和心高气傲，让读者更全面地了解茶房。

① 开船以后，你以为茶房闲了，不妨多呼唤几回。你若真这样做时，又该受教训了。茶房日里要谈天，料理私货；晚上要抽大烟，打牌，那有闲工夫来伺候你！他们早上给你舀一盆脸水，日里给你开饭，饭后给你拧手巾；还有上船时给你摊开铺盖，下船时给你打起铺盖：好了，这已经多了，这已经够了。此外若有特别的事要他们做时，那只算是额外效劳。你得自己走出舱门，慢慢地叫着茶房，慢慢地和他说，他也会照你所说的做，而不加损害于你。最好是预先打听了两个茶房的名字，到这时候悠然叫着，那是更其有效的。但要叫得大方，仿佛很熟悉的样子，不可有一点讷讷。叫名字所以更其有效者，被叫者觉得你有意和他亲近（结果酒资不会少给），而别的茶房或竟以为你与这被叫者本是熟悉的，因而有了相当的敬意；所以你第二次第三次叫时，别人往往会帮着你叫的。但你也只能偶尔叫他们；若常常麻烦，他们将发见，你到底是“阿木林”而冒充内行，他们将立刻改变对你的态度了。至于有些人睡在铺上高声朗诵的叫着“茶房”的，那确似乎搭足了架子；在茶房眼中，其为“阿”字号无疑了。他们于是忿然的答应：“啥事体啦？哇啦啦！”但走来倒也会走来的。你若再多叫两声，他们又会说：“啥事体啦？茶房当山歌唱！”除非你真麻木，或真生了气，你大概总不愿再叫他们了吧。

❷引用古语

作者通过引用古语，表达对读者的劝诫实为经验之谈，体现作者对茶房之流的辛辣讽刺。

② “子入太庙，每事问，”至今传为美谈。但你入轮船，最好每事不必问。茶房之怕麻烦，之懒惰，是他们的特征；你问他们，他们或说不晓得，或故意和你开开玩笑，好在他们对客人们，除行李外，一切是不负责任的。大概客人们最普遍的问题，“明天可以到吧？”“下午可以到吧？”一类。他们或

随便答复，或说，“慢慢来好，总会到的。”或简单的说，“早呢！”总是不得要领的居多。他们的话常常变化，使你不能确信；不确信自然不问了。他们所要的正是耳根清净呀。

茶房在轮船里，总是盘踞在所谓“大菜间”的吃饭间里。他们常常围着桌子闲谈，客人也可插进一两个去。但客人若是坐满了，使他们无处可坐，他们便恨恨了；[1]若在晚上，他们老是不客气将电灯灭了，让你们暗中摸索去吧。所以这吃饭间里的桌子竟像他们专利的。当他们围桌而坐，有几个固然有话可谈；有几个却连话也没有，只默默坐着，或者在打牌。我似乎为他们觉着无聊，但他们也就这样过去了。他们的脸上充满了倦怠，嘲讽，麻木的气分，仿佛下工夫练就了似的。最可怕的就是这满脸：所谓“施施然拒人于千里之外”者，便是这种脸了。晚上映着电灯光，多少遮过了那灰滞的颜色；他们也开始有了些生气。他们搭了铺抽大烟，或者拖开桌子打牌。他们抽了大烟，渐有笑语；他们打牌，往往通宵达旦——牌声，争论声充满那小小的“大菜间”里。客人们，尤其是抱了病，可睡不着了；但于他们有甚么相干呢？活该你们洗耳恭听呀！他们也有不抽大烟，不打牌的，便搬出香烟画片来一张张细细赏玩：这却是“雅人深致”了。

我说过茶房的团结是宗法社会而兼梁山泊式的，但他们中间仍不免时有战氛。浓郁的战氛在船里是见不着的；船里所见，只是轻微淡远的罢了。“唯口出好兴戎”，茶房的口，似乎很值得注意。他们的口，一例是练得极其尖刻的；一面自然也是地方性使然。他们大约是“宁可输在腿上，不肯输在嘴上”。所以即使是同伴之间，往往因为一句有意的或无意的，不相干的话，动了真气，抡眉竖目的恨恨半天而不已。这时脸上全失了平时冷静的颜色，而换上热烈的狰狞了。但也终于只是口头“恨恨”而已，真个拔拳来打，举脚来踢的，倒也似乎没有。语云，“君子动口，小人动手；”茶房们虽有所争乎，殆仍不失为君子之道也。有人说，“这正是南方人之所以为南方人”，

❶白描手法

作者通过简单叙述茶房关灯占桌子的小事，突出茶房的蛮横无理和霸道清高。

读书笔记

我想，这话也有理。茶房之于客人，虽也“不肯输在嘴上”，但全是玩弄的态度，动真气的似乎很少；而且你愈动真气，他倒愈可以玩弄你。这大约因为对于客人，是以他们的团体为靠山的；客人总是孤单的多，他们“倚众欺”起来，不怕你不就范的：所以用不着动真气。而且万一吃了客人的亏，那也必是许多同伴陪着他同吃的，不是一个人失了面子：又何必动真气呢？克实说来，客人要他们动真气，还不够资格哪！至于他们同伴间的争执，那才是切身的利害，而且单枪匹马做去，毫无可恃的现成的力量；所以便是小题，也不得不大做了。

❶转折

上文叙述围绕着茶房的冷言冷脸，本句突作转折，说明茶房也有笑脸，便是“收酒资”之时，更加凸显了茶房的奸诈，讽刺意味浓厚。

①茶房若有向客人微笑的时候，那必是收酒资的几分钟了。酒资的数目照理虽无一定，但却有不成文的谱。你按着谱斟酌给与，虽也不能得着一声“谢谢”，但言语的压迫是不会来的了。你若给得太少，离谱太远，他们会始而嘲你，继而骂你，你还得加钱给他们；其实既受了骂，大可以不加的了，但事实上大多数受骂的客人，慑于他们的威势，总是加给他们的。加了以后，还得听许多唠叨才罢。有一回，和我同船的一个学生，本该给一元钱的酒资的，他只给了小洋四角。茶房狠狠力争，终不得要领，于是说：“你好带回去做车钱吧！”将钱向铺上一撂，忿然而去。那学生后来终于添了一些钱重交给他；他这才默然拿走，面孔仍是板板的，若有所不屑然。——付了酒资，便该打铺盖了；这时仍是要慢慢来的，一急还是要受教训，虽然你已给过酒资了。铺盖打好以后，茶房的压迫才算是完了，你再预备受码头工人和旅馆茶房的压迫吧。

❷引用谚语

作者用“天下老鸦一般黑”来说明茶房这类奸诈之徒并无地区之分，本质是一样的，体现了作者对茶房的憎恶。

我原是声明了叙述通州轮船中事的，但却做了一首“诅茶房文”；在这里，我似乎有些自己矛盾。②不，“天下老鸦一般黑”，我们若很谨慎的将这句话只用在各轮船里的宁波茶房身上，我想是不会悖谬的。所以我虽就一般立说，通州轮船的茶房却已包括在内；特别指明与否，是无关重要的。

1926年7月，白马湖

精华赏析

本篇散文主要是写茶房欺压客人的故事，通过多处对茶房的形象的细致描写来突出人物的特征，没有太多夸张的描述，只是自然的叙述，便使读者感受到作者的情感。这种真实朴素的写作风格是朱自清散文的一大特征。

延伸思考

1. 文中出现过几次茶房为难客人的场面?

2. 作者是如何教我们应对茶房的刁难的呢?

3. 如果在现实中遇到这样的人，你会如何处理?

相关链接

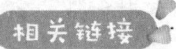

作者以交流、劝诫的方式讲述了自己乘船时发生的故事。船上的客人显得如此卑微，而服务者如茶房这类人却心高气傲，欺压旅客，反映出当时复杂的环境。

扬州的夏日

名师导读

我们每一个人对家乡都有特殊的感情，不管我们身在何方都会牵挂着家乡。对家乡的眷恋不仅是欣赏环境的优美，更包含对在家乡发生的一些趣味故事的回忆。不管何时何地，家乡都在我们记忆深处。

扬州从隋炀帝以来，是诗人文士所称道的地方；称道的多了，称道得久了，一般人便也随声附和起来。直到现在，你若向人提起扬州这个名字，他会点头或摇头说："好地方！好地方！"特别是没去过扬州而念过些唐诗的人，在他心里，扬州真像蜃楼海市一般美丽；他若念过《扬州画舫录》一类书，那更了不得了。①但在一个久住扬州像我的人，他却没有那么多美丽的幻想，他的憎恶也许掩住了他的爱好；他也许离开了三四年并不去想它。若是想呢，——你说他想什么？女人；不错，这似乎也有名，但怕不是现在的女人吧？——他也只会想着扬州的夏日，虽然与女人仍然不无关系的。

①平铺直叙　扬州的好是不必说的，但曾在扬州久住的朱自清却说"憎恶"。作者对扬州既热爱又憎恶的感情，引起读者的阅读兴趣。

北方和南方一个大不同，在我看，就是北方无水而南方有。

诚然，北方今年大雨，永定河和大清河甚至决了堤防，但这并不能算是有水；北平的三海和颐和园虽然有点儿水，但太平衍了，一览而尽，船又那么笨头笨脑的。有水的仍然是南方。[①]扬州的夏日，好处大半便在水上——有人称为“瘦西湖”，这个名字真是太“瘦”了，假西湖之名以行，“雅得这样俗”，老实说，我是不喜欢的。下船的地方便是护城河，曼衍开去，曲曲折折，直到平山堂，——这是你们熟悉的名字——有七八里河道，还有许多杈杈椏椏的支流。这条河其实也没有顶大的好处，只是曲折而有些幽静，和别处不同。

❶详细描写 作者说扬州夏日的好处就是“水”，对于把扬州的水比喻成“瘦西湖”，作者其实并不喜欢。于是在下文中作者围绕“水”进行了描述。

沿河最著名的风景是小金山，法海寺，五亭桥；最远的便是平山堂了。金山你们是知道的，小金山却在水中央。在那里望水最好，看月自然也不错——可是我还不曾有过那样福气。“下河”的人十之九是到这儿的，人不免太多些。法海寺有一个塔，和北海的一样，据说是乾隆皇帝下江南，盐商们连夜督促匠人造成的。法海寺著名的自然是这个塔；但还有一桩，你们猜不着，是红烧猪头。夏天吃红烧猪头，在理论上也许不甚相宜；可是在实际上，挥汗吃着，倒也不坏的。五亭桥如名字所示，是五个亭子的桥。桥是拱形，中一亭最高，两边四亭，参差相称；最宜远看，或看影子，也好。[②]桥洞颇多，乘小船穿来穿去，另有风味。平山堂在蜀冈上。登堂可见江南诸山淡淡的轮廓；“山色有无中”一句话，我看是恰到好处，并不算错。这里游人较少，闲坐在堂上，可以永日。沿路光景，也以闲寂胜。从天宁门或北门下船。蜿蜒的城墙，在水里倒映着苍黝的影子，小船悠然地撑过去，岸上的喧扰像没有似的。

❷动静结合 “乘小船穿来穿去”是动态描写，“闲坐在堂上”是静态描写，作者对扬州的环境一动一静的描写使文章活泼有趣，更让扬州的水显得灵动、有活力。

船有三种：大船专供宴游之用，可以挟妓或打牌。小时候常跟了父亲去，在船里听着谋得利洋行的唱片。现在这样乘船的大概少了吧？其次是“小划子”，真像一瓣西瓜，由一个男人或女人用竹篙撑着。乘的人多了，便可雇两只，前后用小凳子跨着：这也可算得“方舟”了。后来又有一种“洋划”，比大船小，比“小划子”大，上支布篷，可以遮日遮雨。“洋划”

渐渐地多，大船渐渐地少，然而“小划子”总是有人要的。这不独因为价钱最贱，也因为它的伶俐。①一个人坐在船中，让一个人站在船尾上用竹篙一下一下地撑着，简直是一首唐诗，或一幅山水画。而有些好事的少年，愿意自己撑船，也非“小划子”不行。“小划子”虽然便宜，却也有些分别。譬如说，你们也可想到的，女人撑船总要贵些；姑娘撑的自然更要贵。这些撑船的女子，便是有人说过的“瘦西湖上的船娘”。船娘们的故事大概不少，但我不很知道。据说以乱头粗服，风趣天然为胜；中年而有风趣，也仍然算好。可是起初原是逢场作戏，或尚不伤廉惠；以后居然有了价格，便觉意味索然了。

❶运用比喻

作者运用比喻的修辞手法，生动形象地刻画了湖中行船这一情景之优美，巧妙地说明“水”的好处。

北门外一带，叫做下街，“茶馆”最多，往往一面临河。船行过时，茶客与乘客可以随便招呼说话。船上人若高兴时，也可以向茶馆中要一壶茶，或一两种“小笼点心”，在河中喝着，吃着，谈着。回来时再将茶壶和所谓小笼，连价款一并交给茶馆中人。撑船的都与茶馆相熟，他们不怕你白吃。扬州的小笼点心实在不错：我离开扬州，也走过七八处大大小小的地方，还没有吃过那样好的点心；②这其实是值得惦记的。茶馆的地方大致总好，名字也颇有好的。如香影廊、绿杨村、红叶山庄，都是到现在还记得的。绿杨村的幌子，挂在绿杨树上，随风飘展，使人想起“绿杨城郭是扬州”的名句。里面还有小池，丛竹，茅亭，景物最幽。这一带的茶馆布置都历落有致，迥非上海、北平方方正正的茶楼可比。

❷表达情感

“值得惦记”“还记得”，表达了作者对扬州夏日的无限怀念。

“下河”总是下午。傍晚回来，在暮霭朦胧中上了岸，将大褂折好搭在腕上，一手微微摇着扇子；这样进了北门或天宁门走回家中。这时候可以念“又得浮生半日闲”那一句诗了。

精华赏析

作者笔下的扬州夏日主要以“水”贯穿，紧扣“水”这个字娓娓道来。作者先写对扬州夏日的水的回忆，再写水上行船的乐趣，最后落在茶馆，突出船客在茶馆中的美妙享受是因水而生的。层层写来，条理清晰，把扬州的夏天写得如诗如画、趣味无穷。这是作者对扬州独特的感情，读到最后，又有谁能说作者对扬州的憎恶比喜爱多呢？

延伸思考

1. 你认为作者是否憎恶扬州？

2. 这篇文章主要介绍了哪些故事？

3. 文章的中心主旨是什么？

相关链接

《扬州的夏日》是一篇游记，作者娓娓道来，思路清晰，舒缓自如地叙述自己的所见所想。平易近人的表达，让我们仿佛也置身游船之中，感受到了扬州夏日的美好，体会到了作者对扬州的思恋之情。

我所见的叶圣陶

——

名师导读

有些人可能只是我们人生路上的过客，而有的人虽然相聚时间短暂却可能一辈子都忘不了。有些友情我们倍加珍惜，即使再也不会见面，也会思念着彼此。

---

❶交代背景

文章开篇交代了故事背景，记叙了作者与叶圣陶的第一次见面，而后文章围绕作者和叶圣陶之间的故事展开。

①我第一次与圣陶见面是在民国十年的秋天。那时刘延陵兄介绍我到吴淞炮台湾中国公学教书。到了那边，他就和我说："叶圣陶也在这儿。"我们都念过圣陶的小说，所以他这样告我。我好奇地问道："怎样一个人？"出乎我的意外，他回答我："一位老先生哩。"但是延陵和我去访问圣陶的时候，我觉得他的年纪并不老，只那朴实的服色和沉默的风度与我们平日所想象的苏州少年文人叶圣陶不甚符合罢了。

记得见面的那一天是一个阴天。我见了生人照例说不出话；圣陶似乎也如此。我们只谈了几句关于作品的泛泛的意见，便告辞了。延陵告诉我每星期六圣陶总回甪直去；他很爱他的家。他在校时常邀延陵出去散步；我因与他不熟，只独自坐在屋里。不久，中国公学忽然起了风潮。我向延陵说起一个强硬的办法；——实在是一个笨而无聊的办法！——我说只怕叶圣陶未必赞成。但是出乎我的意外，他居然赞成了！后来细想他许是有意优容我们吧；这真是老大哥的态度呢。我们的办法天然是失败了，风潮延宕下去；于是大家都住到上海来。我和圣陶差不多天天见面；同时又认识了西谛，予同诸兄。这样经过了一个月；这一个月实在是我的很好的日子。

读书笔记

我看出圣陶始终是个寡言的人。大家聚谈的时候，他总是坐在那里听着。他却并不是喜欢孤独，他似乎老是那么有味地听着。至于与人独对的时候，自然多少要说些话；但辩论是不来的。他觉得辩论要开始了，往往微笑着说："这个弄不大清楚了。"这样就过去了。他又是个极和易的人，轻易看不见他的怒色。他辛辛苦苦保存着的《晨报》副张，上面有他自己的文字的，特地从家里捎来给我看；让我随便放在一个书架上，给散失了。当他和我同时发见这件事时，他只略露惋惜的颜色，随即说："由他去末哉，由他去末哉！"我是至今惭愧着，因为我知道他作文是不留稿的。他的和易出于天性，并非阅历世故，矫揉造作而成。他对于世间妥协的精神是极厌恨的。①在这一月中，我看见他发过一次怒；——始终我只看见他发过这一次怒——那便是对于风潮的妥协论者的蔑视。

❶重点突出

上文讲到叶圣陶是一个寡言、和易的人，也是一个正直的人。"我"唯一一次见他发怒，便是他对于风潮的妥协论者的蔑视。

风潮结束了，我到杭州教书。那边学校当局要我约圣陶去。圣陶来信说："我们要痛痛快快游西湖，不管这是冬天。"他来了，教我上车站去接。我知道他到了车站这一类地方，是会觉得寂寞的。他的家实在太好了，他的衣着，一向都是家里管。我常想，他好像一个小孩子；像小孩子的天真，也像小孩子的离不开家里人。必须离开家里人时，他也得找些熟朋友伴着；孤独在他简直是有些可怕的。所以他到校时，本来是独住一屋的，却愿意将那间屋做我们两人的卧室，而将我那间做书室。这样可以常常相伴；我自然也乐意。我们不时到西湖边去；有时下湖，有时只喝喝酒。在校时各据一桌，我只预备功课，他却老是写小说和童话。初到时，学校当局来看过他。第二天，我问他，

“要不要去看看他们？”他皱眉道：“一定要去么？等一天吧。”后来始终没有去。他是最反对形式主义的。

那时他小说的材料，是旧日的储积；童话的材料有时却是片刻的感兴。如《稻草人》中《大喉咙》一篇便是。

那天早上，我们都醒在床上，听见工厂的汽笛；他便说：“今天又有一篇了，我已经想好了，来的真快呵。”那篇的艺术很巧，谁想他只是片刻的构思呢！①他写文字时，往往拈笔伸纸，便手不停挥地写下去，开始及中间，停笔踌躇时绝少。他的稿子极清楚，每页至多只有三五个涂改的字。他说他从来是这样的。每篇写毕，我自然先睹为快；他往往称述结尾的适宜，他说对于结尾是有些把握的。看完，他立即封寄《小说月报》；照例用平信寄。我总劝他挂号；但他说：“我老是这样的。”②他在杭州不过两个月，写的真不少，教人羡慕不已。《火灾》里从《饭》起到《风潮》这七篇，还有《稻草人》中一部分，都是那时我亲眼看他写的。

在杭州待了两个月，放寒假前，他便匆匆地回去了；他实在离不开家，临去时让我告诉学校当局，无论如何不回来了。但他却到北平住了半年，也是朋友拉去的。我前些日子偶翻十一年的《晨报副刊》，看见他那时途中思家的小诗，重念了两遍，觉得怪有意思。北平回去不久，便入了商务印书馆编译部，家也搬到上海。从此在上海待下去，直到现在——中间又被朋友拉到福州一次，有一篇《将离》抒写那回的别恨，是缠绵悱恻的文字。这些日子，我在浙江乱跑，有时到上海小住，他常请了假和我各处玩儿或喝酒。有一回，我便住在他家，但我到上海，总爱出门，因此他老说没有能畅谈；他写信给我，老说这回来要畅谈几天才行。

十六年一月，我接眷北来，路过上海，许多熟朋友和我饯行，圣陶也在。那晚我们痛快地喝酒，发议论；他是照例地默着。酒喝完了，又去乱走，他也跟着。③到了一处，朋友们和他开了个小玩笑；他脸上略露窘意，但仍微笑地默着。圣陶不是个

❶细节描写

叶圣陶写作时往往停不下来，涂改的情况也很少见。作者通过这件小事来说明叶圣陶的写作天赋，令人羡慕。

❷详细描写

叶圣陶在杭州不过两个月，却写下了多篇作品，表达出作者对他的才华的赞美和羡慕之情。

❸神态描写

通过描写叶圣陶对朋友玩笑的态度，说明他不争强好胜，宽容大度。

浪漫的人；在一种意义上，他正是延陵所说的“老先生”。但他能了解别人，能谅解别人，他自己也能“作达”，所以仍然——也许格外——是可亲的。[1]那晚快夜半了，走过爱多亚路，他向我诵周美成的词，“酒已都醒，如何消夜永！”我没有说什么；那时的心情，大约也不能说什么的。我们到一品香又消磨了半夜。这一回特别对不起圣陶；他是不能少睡觉的人。他家虽住在上海，而起居还依着乡居的日子；早七点起，晚九点睡。有一回我九点十分去，他家已熄了灯，关好门了。这种自然的，有秩序的生活是对的。那晚上伯祥说：“圣兄明天要不舒服了。”想起来真是不知要怎样感谢才好。

❶叙述

叶圣陶的生活十分规律，却为朋友而熬到半夜，体现了叶圣陶对友谊的重视。

第二天我便上船走了，一眨眼三年半，没有上南方去。信也很少，却全是我的懒。我只能从圣陶的小说里看出他心境的迁变；这个我要留在另一文中说。圣陶这几年里似乎到十字街头走过一趟，但现在怎么样呢？我却不甚了然。他从前晚饭时总喝点酒，“以半醺为度”；近来不大能喝酒了，却学了吹笛——前些日子说已会一出《八阳》，现在该又会了别的了吧。他本来喜欢看看电影，现在又喜欢听听昆曲了。但这些都不是“厌世”，如或人所说的；[2]圣陶是不会厌世的，我知道。又，他虽会喝酒，加上吹笛，却不曾抽什么“上等的纸烟”，也不曾住过什么“小小别墅”，如或人所想的，这个我也知道。

❷平铺直叙

作者用“我知道”“我也知道”来体现他与叶圣陶之间深厚的友谊，也表达出他对好友叶圣陶的思念之情。

1930年7月，北平清华园

文章讲述了作者与叶圣陶从认识到成为朋友的过程中所发生的故事，从描述叶圣陶的寡言到因为风潮妥协论者而发怒，再到对其写作才华的羡慕，以及朋友

之间的相处所展现的平和与友善，将叶圣陶的形象刻画得生动具体，展现了一个真实所见的叶圣陶。

延伸思考

1. 从哪些地方能看出叶圣陶是一位“老先生”的形象?

2. 作者眼中的叶圣陶是个怎样的人?

3. 我们应该学习叶圣陶身上的哪些品质?

相关链接

每个人都有自己擅长的领域，不一定是能说会道，好比叶圣陶，虽然沉默寡言，但是具有非凡的写作才华。找到我们自身所擅长的领域并努力发展，是一件非常有意义且重要的事。

南 京

名师导读

如果要选一个城市去旅游，你会选择哪个城市呢？南京怎么样呢？让我们一起走进作者笔下的南京，去领略这个城市的风土人情吧！

南京是值得留连的地方，虽然我只是来来去去，而且又都在夏天。也想夸说夸说，可惜知道的太少；现在所写的，只是一个旅行人的印象罢了。

逛南京像逛古董铺子，到处都有些时代侵蚀的遗痕。[1]你可以摩挲，可以凭吊，可以悠然遐想；想到六朝的兴废，王谢的风流，秦淮的艳迹。这些也许只是老调子，不过经过自家一番体贴，便不同了。所以我劝你上鸡鸣寺去，最好选一个微雨天或月夜。在朦胧里，才酝酿出那一缕幽幽的古味。你坐在一排明窗的豁蒙楼上，吃一碗茶，看面前苍然蜿蜒着的台城。台城外明净荒寒的玄武湖就像大涤子的画。豁蒙楼一排窗子安排得最有心思，让你看的一点不多，一点不少。寺后有一口灌园的井，可不是那陈后主和张丽华躲在一堆儿的“胭脂井”。那口胭脂井不在路边，得破费点工夫寻觅。井栏也不在井上；要看，

❶运用排比

作者巧妙地运用了排比的修辞手法，描写了南京的古味，从游览者的角度表达了他对南京的欣赏。

读书笔记

得老远地上明故宫遗址的古物保存所去。

从寺后的园地，拣着路上台城；没有垛子，真像平台一样。踏在茸茸的草上，说不出的静。夏天白昼有成群的黑蝴蝶，在微风里飞；这些黑蝴蝶上下旋转地飞，远看像一根粗的圆柱子。城上可以望南京的每一角。这时候若有个熟悉历代形势的人，给你指点，隋兵是从这角进来的，湘军是从那角进来的，你可以想象异样装束的队伍，打着异样的旗帜，拿着异样的武器，汹汹涌涌地进来，远远仿佛还有哭喊之声。假如你记得一些金陵怀古的诗词，趁这时候暗诵几回，也可印证印证，许更能领略作者当日的情思。

从前可以从台城爬出去，在玄武湖边；若是月夜，两三个人，两三个零落的影子，歪歪斜斜地挪移下去，够多好。现在可不成了，得出寺，下山，绕着大弯儿出城。七八年前，湖里几乎长满了苇子，一味地荒寒，虽有好月光，也不大能照到水上；船又窄，又小，又漏，教人逛着愁着。这几年大不同了，一出城，看见湖，就有烟水苍茫之意；船也大多了，有藤椅子可以躺着。水中岸上都光光的；亏得湖里有五个洲子点缀着，不然便一览无余了。[1] 这里的水是白的，又有波澜，俨然长江大河的气势，与西湖的静绿不同，最宜于看月，一片空蒙，无边无界。若在微醺之后，迎着小风，似睡非睡地躺在藤椅上，听着船底汩汩的波响与不知何方来的箫声，真会教你忘却身在那里。五个洲子似乎都局促无可看，但长堤宛转相通，却值得走走。湖上的樱桃最出名。据说樱桃熟时，游人在树下现买，现摘，现吃，谈着笑着，多热闹的。

❶环境描写

作者对水进行了细致的描写，凸显了玄武湖烟水苍茫的特点，月下的空蒙和无边无界是作者非常喜欢的“湖光水色”的韵味，惬意悠闲。

清凉山在一个角落里，似乎人迹不多。扫叶楼的安排与豁蒙楼相仿佛，但窗外的景象不同。这里是滴绿的山环抱着，山下一片滴绿的树；那绿色真是扑到人眉宇上来。若许我再用画来比，这怕像王石谷的手笔了。在豁蒙楼上不容易坐得久，你至少要上台城去看看。在扫叶楼上却不想走；窗外的光景好像满为这座楼而设，一上楼便什么都有了。夏天去确有一股“清凉”

味。这里与豁蒙楼全有素面吃，又可口，又贱。

莫愁湖在华严庵里。湖不大，又不能泛舟，夏天却有荷花荷叶。临湖一带屋子，凭栏眺望，也颇有远情。莫愁小像，在胜棋楼下，不知谁画的，大约不很古吧；但脸子开得秀逸之至，衣褶也柔活之至，大有“挥袖凌虚翔”的意思；若让我题，我将毫不踌躇地写上“仙乎仙乎”四字。另有石刻的画像，也在这里，想来许是那一幅画所从出；但生气反而差得多。这里虽也临湖，因为屋子深，显得阴暗些；可是古色古香，阴暗得好。诗文联语当然多，只记得王湘绮的半联云：“①莫轻他北地胭脂，看艇子初来，江南儿女无颜色。”气概很不错。所谓胜棋楼，相传是明太祖与徐达下棋，徐达胜了，太祖便赐给他这一所屋子。太祖那样人，居然也会做出这种雅事来了。左手临湖的小阁却敞亮得多，也敞亮得好。有曾国藩画像，忘记是谁横题着“江天小阁坐人豪”一句。我喜欢这个题句，“江天”与“坐人豪”，景象阔大，使得这屋子更加开朗起来。

❶引用对联

作者在这里恰到好处地引用对联，借用对联来描写莫愁湖附近古色古香的建筑，别有一番雅致。

秦淮河我已另有记。但那文里所说的情形，现在已大变了。从前读《桃花扇》《板桥杂记》一类书，颇有沧桑之感；现在想到自己十多年前身历的情形，怕也会有沧桑之感了。②前年看见夫子庙前旧日的画舫，那样狼狈的样子，又在老万全酒栈看秦淮河水，差不多全黑了，加上巴掌大，透不出气的所谓秦淮小公园，简直有些厌恶，再别提做什么梦了。贡院原也在秦淮河上，现在早拆得只剩一点儿了。民国五年父亲带我去看过，已经荒凉不堪，号舍里草都长满了。父亲曾经办过江南闱差，熟悉考场的情形，说来头头是道。他说考生入场时，都有送场的，人很多，门口闹嚷嚷的。天不亮就点名，搜夹带。人家都归号。似乎直到晚上，头场题才出来，写在灯牌上，由号军扛着在各号里走。所谓“号”，就是一条狭长的胡同，两旁排列着号舍，口儿上写着什么天字号，地字号等等的。每一号舍之大，恰好容一个人坐着；从前人说是像轿子，真不错。几天里吃饭，睡觉，做文章，都在这轿子里；坐的伏的各有一块硬板，

❷表达情感

作者笔下的秦淮河又黑又小，贡院被拆得剩了一点儿，作者在这部分今昔对比的描写中，流露出了失望、无奈的情绪，体现了时代变化的沧桑。

如是而已。官号稍好一些，是给达官贵人的子弟预备的，但得补褂朝珠地入场，那时是夏秋之交，天还热，也够受的。父亲又说，乡试时场外有兵巡逻，防备通关节。场内也竖起黑幡，叫鬼魂们有冤报冤，有仇报仇；我听到这里，有点毛骨悚然。现在贡院已变成碎石路；在路上走的人，怕很少想起这些事情的了吧？

明故宫只是一片瓦砾场，在斜阳里看，只感到李太白《忆秦娥》的“西风残照，汉家陵阙”二语的妙。①午门还残存着，遥遥直对洪武门的城楼，有万千气象。古物保存所便在这里，可惜规模太小，陈列得也无甚次序。明孝陵道上的石人石马，虽然残缺零乱，还可见泱泱大风；享殿并不巍峨，只陵下的隧道，阴森袭人，夏天在里面待着，凉风沁人肌骨。这陵大概是开国时草创的规模，所以简朴得很；比起长陵，差得真太远了。然而简朴得好。

❶详细描写

作者通过对明故宫遗迹的细致描写，说明了明故宫建筑具有简朴的特色。

雨花台的石子，人人皆知；但现在怕也捡不着什么了。那地方毫无可看。记得刘后村的诗云：“昔年讲师何处在，高台犹以‘雨花’名。有时宝向泥寻得，一片山无草敢生。”我所感的至多也只如此。还有，前些年南京枪决囚人都在雨花台下，所以洋车夫遇见别的车夫和他争先时，常说，“忙什么！赶雨花台去！”这和从前北京车夫说“赶菜市口儿”一样。现在时移势异，这种话渐渐听不见了。

燕子矶在长江里看，一片绝壁，危亭翼然，的确惊心动魄。但到了上边，逼窄污秽，毫无可以盘桓之处。燕山十二洞，去过三个。只三台洞层层折折，由幽入明，别有匠心，可是也年久失修了。

读书笔记

南京的新名胜，不用说，首推中山陵。中山陵全用青白两色，以象征青天白日，与帝王陵寝用红墙黄瓦的不同。假如红墙黄瓦有富贵气，那青琉璃瓦的享堂，青琉璃瓦的碑亭却有名贵气。从陵门上享堂，白石台阶不知多少级，但爬得够累的；然而你远看，决想不到会有这么多的台阶儿。这是设计的妙处。德国波慈达姆无愁宫前的石阶，也同此妙。享堂进去也不小；[1]可是远处看，简直小得可以，和那白石的飞阶不相称，一点儿压不住，仿佛高个儿戴着小尖帽。近处山角里一座阵亡将士纪念塔，粗粗的，矮矮的，正当着一个青青的小山峰，让两边儿的山紧紧抱着，静极，稳极。——谭墓没去过，听说颇有点丘壑。中央运动场也在中山陵近处，全仿外洋的样子。全国运动会时，也不知有多少照相与描写登在报上；现在是时髦的游泳的地方。

❶运用比喻

作者在这里运用了比喻的修辞手法，说明享堂与白石的飞阶不相称，写出了他对建筑的审美。

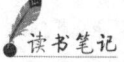

若要看旧书，可以上江苏省立图书馆去。这在汉西门龙蟠里，也是一个角落里。这原是江南图书馆，以丁丙的善本书室藏书为底子；词曲的书特别多。此外中央大学图书馆近年来也颇有不少书。中央大学是个散步的好地方。宽大，干净，有树木；黄昏时去兜一个或大或小的圈儿，最有意思。后面有个梅庵，是那会写字的清道人的遗迹。这里只是随宜地用树枝搭成的小小的屋子。庵前有一株六朝松，但据说实在是六朝桧；桧阴遮住了小院子，真是不染一尘。

读书笔记

南京茶馆里干丝很为人所称道。但这些人必没有到过镇江，扬州，那儿的干丝比南京细得多，又从来不那么甜。我倒是觉得芝麻烧饼好，一种长圆的，刚出炉，既香，且酥，又白，大概各茶馆都有。咸板鸭才是南京的名产，要热吃，也是香得好；肉要肥要厚，才有咬嚼。但南京人都说盐水鸭更好，大约取其嫩，其鲜；那是冷吃的，我可不知怎样，老觉得不大得劲儿。

1934年8月12日作

精华赏析

作者用游记的形式将南京城的历史风韵向我们娓娓道来，语言非常平实。作者以一个普通旅人的视角向我们讲述南京城的名胜古迹。南京对于作者来讲，不是夸张的富裕，而更像是一座古城里的一丝静谧，虽然简朴，却给人以心灵上的震撼。

延伸思考

1. 南京给作者的总体印象是怎样的?

2. 作者去南京游览了哪些景点?

3. 谈谈你对南京这座城市的看法。

相关链接

在这篇游记里，作者带我们浏览了南京的一些名胜古迹，将我们置身于作者自己的视角，仿佛感同身受地游历了南京，品尝了南京城里的各种美食，感受了南京的建筑给人留下的沧桑和简朴美。

德瑞司登

名师导读

20 世纪 30 年代，朱自清在欧洲游历 11 个月归国后，写下了许多篇游记，记录自己在欧洲的见闻。阅读本文，了解作者笔下的柏林风土人情吧！

德瑞司登（Dredsen）在柏林东南，是静静的一座都市。欧洲人说这里有一种礼拜日的味道，因为他们的礼拜日是安息的日子，静不过。这里只有一条热闹的大街；在街上走尽可从从容容，斯斯文文的。街尽处便是易北河。河穿全市而过，弯了两回，所以望不尽。河上有五座桥，彼此隔得远远的，显出玲珑的样子。临河一带高地，叫作勃吕儿原。站在原上，易北河的风光便都到了眼里。① 这是一个阴天，不时地下着小雨；望过去清淡极了，水与天亮闪闪的，山只剩一些轮廓，人家的屋子和田地都黑黑儿的。有人称这个原为“欧洲的露台”，未免太过些，但是确也有些可赏玩的东西。从前有位著名的文人在这儿写信给他的未婚夫人，说他正从高岸上望下看，河上一处处的绿野与村落好像“绣在一张毯子上”；“河水刚掉转脸亲

❶环境描写

作者站在高原上眺望小镇，在朦胧的雨雾里，看到山的轮廓。这一系列的环境描写非常具体，写出了这个都市静谧、安定的生活气息。

读书笔记

了德瑞司登一下，马上又溜开去”。这儿说的是第一个弯子。他还说“绕着的山好像花箍子，响蓝的天好像在意大利似的”。在晴天这大约是真的。

德瑞司登有德国佛罗伦司之称，为的一些建筑和收藏的画。这些建筑多半在勃吕儿原西南一带。其中堡宫最有意思。堡宫因为邻近旧时的堡垒而得名，是十八世纪初年奥古斯都大力王（Augustus the Strong）吩咐他的建筑师裴佩莽（Poeppelmann）盖的。奥古斯都膂力过人，据说能拗断马蹄铁，又在西班牙斗牛，刺死了一头最凶猛的；所以称为大力王。他是这座都市的恩主；凡是好东西，美东西，都是他留下来的。他造这个堡宫，一来为面子，那时候一个亲王总得有一所讲究的宫房，才有威风，不让人小看。二来为展览美术货色如磁器，花边等之用。他想在过年过节的时候，多招徕些外路客人，好让他的百姓多做些买卖，以繁荣这个地方。他生在“巴洛克”（Baroque）时代，虽然倾心法国文化，所造的房子却都是德国“巴洛克”式。“巴洛克”式重曲线，重装饰，以华丽炫目为佳。堡宫便是代表。宫中央是极大一个方院子。①南面是正门，顶作冕形，叫冕门；分两层，像楼屋；雕刻精细，用许多小柱子。两边各有好些拱门，每门里安一座喷水，上面各放着雕像。现在虽是黯淡了，还可想见当年的繁华。西面有水仙出浴池。十四座龛子拥着一座大喷水，像一只马蹄，绕着小小的池子；每座龛子里站着一个女仙出浴的石像，姿态各不相同。龛外龛上另有繁细的雕饰。这是宫里最美的地方。

①细节描写

作者对堡宫进行了非常细致的描写，从正门到雕刻精细的小柱子，再到喷水上的雕像，这些细节都凸显了建筑的富丽堂皇。

堡宫现在分作几个博物院，尽北头是国家画院。德国藏画，要算这里最精了。也创始于奥古斯都，而他的儿子继成其志。奥古斯都自己花钱派了好多人到欧洲各处搜求有价值的画。到他死的时候，院中已有好些不朽的名作。他的儿子奥古斯都第二在位三十年，教大臣勃吕儿伯爵主持收买名画。一七四五年在威尼斯买着百多张意大利重要的作品，为阿尔卑斯山以北所未曾有。一七五四年又从意大利得着拉飞尔的歇司陀的《圣母图》。这是他的杰作。图中间是“圣处女”与“圣婴”，左右是圣巴巴拉与教皇歇克司都第二，下面是两个小天使。有人说“这张画里‘圣处女’的脸，美而秀雅，几乎是女性美的最完全的表现，真动人，真出色”。最妙的，端庄与和蔼都够味，一个与耶稣教毫不相干的游客也会起多少敬爱的意思。图中各人的眼光奇极；从“圣处女”而圣巴巴拉而小天使而教皇，恰好可以钩一个椭圆圈儿。这样一来，那对称的安排才有活气。画院驰名世界，全靠勃吕儿伯爵手里买的这些画。现在院中差不多有画二千五百件，以意大利及荷兰的为最多。①画排列得比那儿都整齐清楚，见出德国人的脾气。十八世纪意大利画家卡那来陀在这里住过，留下不少腐刻画，画着堡宫和街巷的景色。还有他的威尼斯风景画，这儿也多，色调构图，鲜明精巧，为别处收藏的所不及。

大街东有圣母堂，也是著名的古迹。一七三六年十二月奥古斯都第二在这里举行过一回管风琴比赛会。与赛的，大音乐家巴赫（Bach）和一个法国人叫马降的。那时巴赫还未大大出名，马降心高气傲，自以为能手。比赛的前一天，巴赫从来比锡来，看见管风琴好，不觉技痒，就坐下弹了一回。想不到马降在一旁窃听。这一听可够他受的。等不到第二天，他半夜里便溜出德瑞司登了。②结果巴赫在奥古斯都第二和四千听众之前演了出独脚戏。一八四三年乐圣瓦格纳也在这里演奏过他的名曲《使徒宴》。哥德也站在这里的讲台上说过话，他赞美易北河上的景致，就是在他眼前的。这在一八一三年八月。教堂上有一座高塔顶，远远的就瞧见。相传一七六九年弗雷德力大帝攻打此地，想着这高顶上必有敌人的瞭望台，下令开炮轰。也不知怎样，轰了三天还没轰着。大帝又恨又恼，透着满瞧不起的神儿回头命令炮手道：“由那老笨家伙去罢！”

德瑞司登磁器最著名。大街上有好几家磁器铺。看来看去，只有舞女的裙子做得实在好。裙子都是白色雕空了像纱一样，各色各样的折纹都有，自然不能像真的那样流动，但也难为他

①幽默风趣

作者简单的几句话交代了画院里的画排列得很整齐，运用诙谐幽默的语调来调侃德国人的强迫症，增加了文章的生活气息，给读者一种轻松愉悦的感觉。

②举例子

作者通过列举名人在圣母堂的表演，说明圣母堂的悠久及负有盛名。

们了。中国磁器没有如此精巧的，但有些东西却比较着有韵味。

1933 年 3 月 13 日作

精华赏析

德瑞司登是一座饱含历史文化的城市，在文章的开头，我们或许认为它只是一座静谧的都市，但是随着作者的叙述，我们看到了这座城市的文化积淀，对这座城市有了新的印象，它的每一处都有着极具特色的历史故事。

延伸思考

1. 德瑞司登有什么样的荣誉之称？

2. 德瑞司登最著名的是什么？

3. 作者眼中的德瑞司登是什么样的？

相关链接

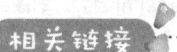

通过作者的视角，我们领略了德瑞司登的文化积淀，也更深刻地了解了这个城市。我们在游历某个城市的过程中，不要仅从城市的风貌和建筑去欣赏它，还要多了解它的文化和风俗。

中国学术界的大损失

——悼闻一多先生

名师导读

你可曾听过闻一多先生？也许大家只知道闻一多是一位著名的诗人，读过他的很多诗集，但是闻一多先生还是一位爱国者。我们一起来阅读本文，了解一下朱自清眼中的闻一多先生是怎样的。

一

[1] 闻一多先生在昆明惨遭暗杀，激起全国的悲愤。这是民主运动的大损失，又是中国学术的大损失。关于后一方面，作者知道的比较多，现在且说个大概，来追悼这一位多年敬佩的老朋友。

❶点明主题

作者开篇一句话概述闻一多先生被害的事实，接着着重点明他在学术界的重要地位，点明主题。

大家都知道闻先生是一位诗人。他的《红烛》，尤其他的《死水》，读过的人很多。这些集子的特色之一，是那些爱国诗。在抗战以前他也许是唯一的爱国新诗人。这里可以看出他对文学的态度。新文学运动以来，许多作者都认识了文学的政治性和社会性而有所表现，可是闻先生认识得特别亲切，表现得特别强调。他在过去的诗人中最敬爱杜甫，就因为杜诗政治性和社会性最浓厚。后来他更进一步，注意原始人的歌舞；这是集团的艺术，也是与生活打成一片的艺术。他要的是热情，是力量，是火一样的生命。

但是他并不忽略语言的技巧，大家都记得他是提倡诗的新格律的人，也是创造诗的新格律的人。他创造自己的诗的语言，并且创造自己的散文的语言。诗大家都知道，不必细说；散文如《唐诗杂论》，可惜只有五篇，那经济的字句，那完密而短小的篇幅，简直是诗。[1]我听他近来的演说，有两三回也是这么精悍，字字句句好似称量而出，却又那么自然流畅。他因此也特别能够体会古代语言的曲折处。当然，以上这些都得靠学力，但是更得靠才气，也就是想像。单就读古书而论，固然得先通文字声韵之学；可是还不够，要没有活泼的想像力，就只能做出点滴的工作，决不能融会贯通的。这里需要细心，更需要大胆。闻先生能够体会到古代语言的表现方式，他的校勘古书，有些地方胆大得吓人，但却是细心吟味所得；平心静气读下去，不由人不信。校书本有死校活校之分；他自然是活校，而因为知识和技术的一般进步，他的成就骎骎乎驾活校的高邮王氏父子而上之。

❶正面描写 作者通过叙述自己对闻一多先生演讲的感受，来突出闻一多先生超强的演讲功底，丰富了闻一多先生的人物形象，一个伟大演说家超强的气魄和语言魅力跃然纸上。

他研究中国古代，可是他要使局部化了石的古代复活在现代人的心目中。因为这古代与现代究竟属于一个社会，一个国家，而历史是联贯的。我们要客观的认识古代；可是，是“我们”在客观的认识古代，现代的我们要能够在心目中想像古代的生活，要能够在心目中分享古代的生活，才能认识那活的古代，也许才是那真的古代——这也才是客观的认识古代。闻先生研究伏羲的故事或神话，是将这神话跟人们的生活打成一片；神话不是空想，不是娱乐，而是人民的生命欲和生活力的表现。这是死活存亡的消息，是人与自然斗争的纪录，非同小可。他研究《楚辞》的神话，也是一样的态度。他看屈原，也将他放在整个时代整个社会里看。他承认屈原是伟大的天才；但天才

读书笔记

是活人，不是偶像，只有这么看，屈原的真面目也许才能再现在我们心中。他研究《周易》里的故事，也是先有一整个社会的影像在心里。研究《诗经》也如此，他看出那些情诗里不少歌咏性生活的句子；他常说笑话，说他研究《诗经》，越来越“形而下”了——其实这正表现着生命的力量。

他是有幽默感的人；他的认识古代，有时也靠着这种幽默感。看《匡斋尺牍》里《狼跋》一篇，便知道他能够体会到别人从不曾体会到的古人的幽默感。而所谓“匡斋”本于匡衡说诗解人颐那句话，正是幽默的意思。他的《死水》里《闻一多先生的书桌》，也是一首难得的幽默的诗。他有着强大的生命力，常跟我们说要活到八十岁，现在还不满四十八岁，竟惨死在那卑鄙恶毒的枪下！①有个学生曾瞻仰他的遗体，见他“遍身血迹，双手抱头，全身痉挛”。唉！他是不甘心的，我们也是不甘心的！

（原载于《文艺复兴》，1946年）

❶侧面描写

作者通过描述闻一多先生的遗体，侧面烘托作者的悲愤之情，对亡友的悼念和对暗杀者的憎恶。

二

闻先生的惨死尤其是中国文学方面一个不容易补偿的损失。

闻先生的专门研究是《周易》、《诗经》、《庄子》、《楚辞》、唐诗，许多人都知道。他的研究工作至少有了二十年，发表的文字虽然不算太多，但积存的稿子却很多。这些并非零散的稿子，大都是成篇的，而且他亲手抄写得很工整。只是他总觉得还不够完密，要再加些工夫才愿意编篇成书。这可见他对于学术忠实而谨慎的态度。

读书笔记

他最初在唐诗上多用力量。那时已见出他是个考据家，并已见出他的考据的本领。他注重诗人的年代和诗的年代。关于唐诗的许多错误的解释与错误的批评，都由于错误的年代。他曾将唐代一部分诗人生卒年代可考者制成一幅图表，谁看了都会一目了然。他是学过图案画的，这帮助他在考据上发现了一种新技术；这技术是值得发展的。但如一般所知，他又是个诗人，并且是个在领导地位的新诗人，他亲自经过创作的甘苦，所以更能欣赏诗人与诗。①他的《唐诗杂论》虽然只有五篇，但都是精彩逼人之作。这些不但将欣赏和考据融化得恰到好处，并且创造了一种诗样精粹的风格，读起来句句耐人寻味。

❶抒发情感

作者在这里对闻一多先生的《唐诗杂论》进行了精彩点评，字里行间透露出作者对闻一多先生的敬仰和赞佩之情。

后来他在《诗经》、《楚辞》上多用力量。我们知道要了解古代文学，必须从语言下手，就是从文字声韵下手。但必须能够活用文字声韵的种种条例，才能有所创获。闻先生最佩服王念孙父子，常将《读书杂志》、《经义述闻》当作消闲的书读着。他在古书通读上有许多惊人而确切的发明。对于甲骨文和金文，也往往有独到之见。他研究《诗经》，注重那时代的风俗和信仰等；这几年更利用弗洛依德以及人类学的理论得到一些深入的解释。他对《楚辞》的兴趣似乎更大，而尤集中于其中的神话。他的研究神话，实在给我们学术界开辟了一条新的大路。关于伏羲的故事，他曾将许多神话综合起来，头头是道，创见最多，关系极大。曾听他谈过大概，可惜写出来的还只是一小部分。他研究《周易》，是爱其中的片段的故事，注重的是社会生活经济生活的表现。近三四年他又专力研究《庄子》，探求原始道教的面目，并发见庄子一派政治上不合作的态度。以上种种都跟传统的研究不同：眼光扩大了，深入了，技术也更进步了，更周密了。所以贡献特别多，特别大。近年他又注意整个的中国文学史，打算根据经济史观去研究一番，可惜还没有动手就殉了道。

②这真是我们一个不容易补偿的损失啊！

❷感叹

文章结尾作者发出感叹，再次强调闻一多先生的死是中国社会的巨大损失，既表达了作者的悲慨和忧愤，又体现了他对行凶者的愤恨。

（原载于《国文月刊》，1946年）

精华赏析

作者对闻一多先生生动的描写，让读者心中闻一多先生的形象变得更加立体丰富。在文章中，闻一多先生在学术上的研究和创作成就非常高，这样一位优秀的人惨死在卑劣之人枪下，令作者乃至中国许多人悲愤交加。

延伸思考

1. 你知道的闻一多先生的诗有哪些?

2. 闻一多先生除了是诗人，他还有什么头衔?

3. 从这篇文章里，可以看到作者什么样的思想情感?

相关链接

在那个混乱的时代里，有不少的爱国诗人、爱国学者惨遭暗杀，闻一多先生只是其中的一个代表。对于这些爱国之士的不幸遭遇，每个人都不免难过和遗憾。我们需要做的就是学习和传承他们的精神，在心里永远记住他们。

回来杂记

名师导读

你对北平（北京）这个城市的印象是怎么样的呢？跟随作者的视角，我们一起去了解那个时代的北平吧！

回到北平来，回到原来服务的学校里，好些老工友见了面用道地的北平话道："您回来啦！"是的，回来啦。去年刚一胜利，不用说是想回来的。可是这一年来的情形使我回来的心淡了，想像中的北平，物价像潮水一般涨，整个的北平也像在潮水里晃荡着。然而我终于回来了。① 飞机过北平城上时，那棋盘似的房屋，那点缀着的绿树，那紫禁城，那一片黄琉璃瓦，在晚秋的夕阳里，真美。在飞机上看北平市，我还是第一次。这一看使我联带的想起北平的多少老好处，我忘怀一切，重新爱起北平来了。

❶运用比喻　作者巧用比喻的修辞手法，把房屋比作棋盘，从城市上空俯视的角度写出了北平城内的绿树、黄琉璃瓦在晚秋夕阳的映照下的美。

在西南接到北平朋友的信，说生活虽艰难，还不至如传说之甚，说北平的街上还跟从前差不多的样子。是的，北平就是粮食贵得凶，别的还差不离儿。因为只有粮食贵得凶，所以从上海来的人，简直松了一大口气，只说"便宜呀！便宜呀！"

我们从重庆来的，却没有这样胃口。再说虽然只有粮食贵得凶，然而粮食是人人要吃日日要吃的。[①]这是一个浓重的阴影，罩着北平的将来。但是现在谁都有点儿且顾眼前，将来，管得它呢！粮食以外，日常生活的必需品，大致看来不算少；不是必需而带点儿古色古香的那就更多。旧家具，小玩意儿，在小市里，地摊上，有得挑选的，价钱合式，有时候并且很贱。这是北平老味道，就是不大有耐心去逛小市和地摊的我，也深深在领略着。从这方面看，北平算得是“有”的都市，西南几个大城比起来真寒尘相了。再去故宫一看，吓，可了不得！虽然曾游过多少次，可是从西南回来这是第一次。东西真多，小市和地摊儿自然不在话下。逛故宫简直使人不想买东西，买来买去，买多买少，算得什么玩意儿！北平真“有”，真“有”它的！

[②]北平不但在这方面和从前一样“有”，并且在整个生活上也差不多和从前一样闲。本来有电车，又加上了公共汽车，然而大家还是悠悠儿的。电车有时来得很慢，要等得很久。从前似乎不至如此，也许是线路加多，车辆并没有比例的加多吧？公共汽车也是来得慢，也要等得久。好在大家有的是闲工夫，慢点儿无妨，多等点时候也无妨。可是刚从重庆来的却有些不耐烦。别瞧现在重庆的公共汽车不漂亮，可是快，上车，卖票，下车都快。也许是无事忙，可是快是真的。就是在排班等着罢，眼看着一辆辆来车片刻间上满了客开了走，也觉痛快，比望眼欲穿的看不到来车的影子总好受些。重庆的公共汽车有时也挤，可是从来没有像我那回坐宣武门到前门的公共汽车那样，一面挤得不堪，一面卖票人还在中途站从容的给争着上车的客人排难解纷。这真闲得可以。

现在北平几家大型报都有几种副刊，中型报也有在拉人办副刊的。副刊的水准很高，学术气非常重。各报又都特别注重学校消息，往往专辟一栏登载。前一种现象别处似乎没有，后一种现象别处虽然有，却不像这儿的认真——几乎有闻必录。北平早就被称为“大学城”和“文化城”，这原是旧调重弹，

❶埋伏笔

作者没有过多地叙述“粮食”，只是提出“一个浓重的阴影，罩着北平的将来”，为下文故事的发展埋下伏笔，增加了故事的神秘感。

❷叙述

有现代化的交通工具，却没有现代社会的节奏。作者借“有”说“无”，笔锋犀利。

不过似乎弹得更响了。学校消息多，也许还可以认为有点生意经；也许北平学生多，这么着报可以多销些？副刊多却决不是生意经，因为有些副刊的有些论文似乎只有一些大学教授和研究院学生能懂。这种论文原应该出现在专门杂志上，但目前出不起专门杂志，只好暂时委屈在日报的馀幅上：这在编副刊的人是有理由的。在报馆方面，反正可以登载的材料不多，北平的广告又未必太多，多来它几个副刊，一面配合着这古城里看重读书人的传统，一面也可以镇静镇静这多少有点儿晃荡的北平市，自然也不错。学校消息多，似乎也有点儿配合着看重读书人的传统的意思。研究学术本来要悠闲，这古城里向来看重的读书人正是那悠闲的读书人。①我也爱北平的学术空气，自己也只是一个悠闲的读书人，并且最近也主编了一个带学术性的副刊，不过还是觉得这么多的这么学术的副刊确是北平特有的闲味儿。

①侧面描写

作者喜欢北平悠闲的学术空气，而最后的转折，则从侧面写出了在当时的北平没有新鲜的学术副刊，只有“闲味儿”。

然而北平究竟有些和从前不一样了。说它“有”罢，它“有”贵重的古董玩器，据说现在主顾太少了。从前买古董玩器送礼，可以巴结个一官半职的。现在据说懂得爱古董玩器的就太少了。礼还是得送，可是上了句古话，什么人爱钞，什么人都爱钞了。这一来倒是简单明了，不过不是老味道了。古董玩器的冷落还不足奇，更使我注意的是中山公园和北海等名胜的地方，也萧条起来了。我刚回来的时候，天气还不冷，有一天带着孩子们去逛北海。大礼拜的，漪澜堂的茶座上却只寥寥的几个人。听隔家茶座的伙计在向一位客人说没有点心卖，他说因为客人少，不敢预备。这些原是中等经济的人物常到的地方；他们少来，大概是手头不宽心头也不宽了吧。

读书笔记

中等经济的人家确乎是紧起来了。一位老住北平的朋友的太太，原来是大家小姐，不会做家里粗事，只会做做诗，画画画。这回见了面，瞧着她可真忙。她告诉我，佣人减少了，许多事只得自己干；她笑着说现在操练出来了。她帮忙我捆书，既麻利，也还结实；想不到她真操练出来了。这固然也是好事，可是北平到底不和从前一样了。穷得没办法的人似乎也更多了。我太太有一晚九点来钟带着两个孩子走进宣武门里一个小胡同，刚进口不远，就听见一声："站住！"向前一看，[1]十步外站着一个人，正在从黑色的上装里掏什么，说时迟，那时快，顺着灯光一瞥，掏出来的乃是一把明晃晃的尖刀！我太太大声怪叫，赶紧转身向胡同里跑，孩子们也跟着怪叫，跟着跑。绊了石头，母子三个都摔倒；起来回头一看，那人也转了身向胡同里跑。这个人穿得似乎还不寒尘，白白的脸，年轻轻的。想来是刚走这个道儿，要不然，他该在胡同中间等着，等来人近身再喊"站住！"这也许真是到了无可奈何才来走险的。近来报上常见路劫的记载，想来这种新手该不少罢。从前自然也有路劫，可没有听说这么多。北平是不一样了。

电车和公共汽车虽然不算快，三轮车却的确比洋车快得多。这两种车子的竞争是机械和人力的竞争，洋车显然落后。洋车夫只好更贱卖自己的劳力。有一回雇三轮儿，出价四百元，三轮儿定要五百元。一个洋车夫赶上来说，"我去，我去。"上了车他向我说要不是三轮儿，这么远这个价他是不干的。还有在雇三轮儿的时候常有洋车夫赶上来，若是不理他，他会说，"不是一样吗？"可是，就不一样！三轮车以外，自行车也大大的增加了。骑自行车可以省下一大笔交通费。出钱的人少，出力的人就多了。省下的交通费可以帮补帮补肚子，虽然是小补，到底是小补啊。可是现在北平街上可不是闹着玩儿的，骑车不但得出力，有时候还得拚命。[2]按说北平的街道够宽的，可是近来常出事儿。我刚回来的一礼拜，就死伤了五六个人。其中王振华律师就是在自行车上被撞死的。这种交通的混乱情形，美国军车自然该负最大的责任。但是据报载，交通警察也很怕咱们自己的军车。警察却不怕自行车，更不怕洋车和三轮儿。他们对洋车和三轮儿倒是一视同仁，一个不顺眼就拳脚一齐来。曾在宣武门里一个胡同口看见一辆三轮儿横在口儿上和人讲价，一个警察走来，不问三七二十一，抓住三轮车夫一顿拳打脚踢。

❶对应上文

作者在这里的细节描写正好对应上文中埋下的伏笔，从这个事件开始，北平城就开始动荡不安了，营造了紧张的故事氛围。

❷叙述

交通混乱，事故频发，而警察欺软怕硬。作者通过直白的叙述，体现了当时北平社会的动荡。

拳打脚踢倒从来如此，他却骂得怪，他骂道，“× 你有民主思想的妈妈！”① 那车夫挨着拳脚不说话，也是从来如此。可是他也怪，到底是三轮车夫罢，在警察去后，却向着背影责问道，“你有权利打人吗？”这儿看出了时代的影子，北平是有点儿晃荡了。

❶侧面烘托 通过车夫挨了打骂之后默不作声的反应，来突出那个时代的炎凉，用最后车夫对着警察背影责问的这个细节来突出那个时代北平动荡的情况。

别提这些了，我是贪吃得了胃病的人，还是来点儿吃的。在西南大家常谈到北平的吃食，这呀那的，一大堆。我心里却还惦记一样不登大雅的东西，就是马蹄儿烧饼夹果子。那是一清早在胡同里提着筐子叫卖的。这回回来却还没有吃到。打听住家人，也说少听见了。这马蹄儿烧饼用硬面做，用吊炉烤，薄薄的，却有点儿韧，夹果子（就是脆而细的油条）最是相得益彰，也脆，也有咬嚼，比起有心子的芝麻酱烧饼有意思得多。可是现在劈柴贵了，吊炉少了，做马蹄儿并不能多卖钱，谁乐意再做下去！于是大家一律用芝麻酱烧饼来夹果子了。芝麻酱烧饼厚，倒更管饱些。然而，然而不一样了。

（原载于《大公报》，1946 年）

作者带着激动的心情回到了北平，虽然听到朋友说北平的生活很艰难，但初时作者觉得仿佛一切如常，只是粮食贵了一点。慢慢地他发现现时的北平远不像之前那样宁静，街上的持刀事件、交通事故频发也说明了北平的动荡。

延伸思考

1. 作者再次回到北平的心情是怎么样的?

2. 北平曾经有什么称号?

3. 文中是如何体现北平的动荡的?

相关链接

北平（现在的北京）是中国的大都市，放眼望去，古色古香，车水马龙。但作者从老百姓的角度向我们介绍了那个时代不一样的北平城。从公共交通到文学风气，仿佛北平总是透着一股“悠闲”。然而后来发生的持刀事件和警察打骂车夫等事件，刻画了在国民党政府腐败统治下日渐衰败的古城北平。作者深切地表达了对反动当局的不满和对贫苦大众的同情。

论严肃

名师导读

提到“严肃”这两个字，很多人在脑海里浮现的定义是神情、气氛等令人敬畏，很认真。那在本文中“严肃”又有什么新的定义呢？让我们跟着作者一起去文中找答案吧！

新文学运动的开始，斗争的对象主要的是古文，其次是礼拜六派或鸳鸯蝴蝶派的小说，又其次是旧戏，还有文明戏。他们说古文是死了。旧戏陈腐，简单，幼稚，嘈杂，不真切，武场更只是杂耍，不是戏。而鸳鸯蝴蝶派的小说意在供人们茶馀酒后消遣，不严肃，文明戏更是不顾一切的专迎合人们的低级趣味。白话总算打倒了古文，虽然还有些肃清的工作；①话剧打倒了文明戏，可是旧戏还直挺挺的站着，新歌剧还在难产之中。鸳鸯蝴蝶派似乎也打倒了，但是又有所谓“新鸳鸯蝴蝶派”。这严肃与消遣的问题够复杂的，这里想特别提出来讨论。

①运用拟人 作者用语活泼生动，运用拟人的修辞手法，生动地为我们讲述了话剧、文明戏、旧戏、新歌剧之间的关系和所处的局面。

照传统的看法，文章本是技艺，本是小道，宋儒甚至于说“作文害道”。新文学运动接受了西洋的影响，除了解放文体以白话代古文之外，所争取的就是这文学的意念，也就是文学的地位。他们要打倒那“道”，让文学独立起来。所以对“文以载道”说加以无情的攻击。这“载道”说虽然比“害道”说温和些，可是文还是道的附庸。照这一说，那些不载道的文就是“玩物丧志”。玩物丧志是消遣，载道是严肃。消遣的文是技艺，没有地位；载道的文有地位了，但是那地位是道的，不是文的——若单就文而论，它还只是技艺，只是小道。[①]新文学运动所争的是，文学就是文学，不干道的事，它是艺术，不是技艺，它有独立存在的理由。

在中国文学的传统里，小说和词曲（包括戏曲）更是小道中的小道，就因为是消遣的，不严肃。不严肃也就是不正经；小说通常称为“闲书”，不是正经书。词为“诗馀”，曲又是“词馀”；称为“馀”当然也不是正经的了。鸳鸯蝴蝶派的小说意在供人们茶馀酒后消遣，倒是中国小说的正宗。中国小说一向以“志怪”、“传奇”为主。“怪”和“奇”都不是正经的东西。明朝人编的小说总集有所谓“三言二拍”。“二拍”是初刻和二刻的《拍案惊奇》，重在“奇”得显然。“三言”是《喻世明言》、《警世通言》、《醒世恒言》，虽然重在“劝俗”，但是还是先得使人们“惊奇”，才能收到“劝俗”的效果，所以后来有人从“三言二拍”里选出若干篇另编一集，就题为《今古奇观》，还是归到“奇”上。这个“奇”正是供人们茶馀酒后消遣的。

明清的小说渊源于宋朝的“说话”，“说话”出于民间。词曲（包括戏曲）原也出于民间。[②]民间文学是被压迫的人民苦中作乐，忙里偷闲的表现，所以常常扮演丑角，嘲笑自己或夸张自己，因此多带着滑稽和诞妄的气氛，这就不正经了。在中国文学传统自己的范围里，只有诗文（包括赋）算是正经的，严肃的，虽然放在道统里还只算是小道。词经过了高度的文人化，特别是清朝常州派的努力，总算带上一些正经面孔了，小说和曲（包括戏曲）直到新文学运动的前夜，却还是丑角打扮，站在不要紧的地位。固然，小说早就有劝善惩恶的话头，明朝

①解释说明

作者用简洁的语言向我们解释了新文学运动的争论点，新文学运动把“文”和“道”区分开了。

②解释说明

作者详细地解释了民间文学的产生原因及特点，说明民间文学的“丑角打扮”被认为是“不正经”。

人所谓“喻世”等等，更特别加以强调。这也是在想“载道”，然而“奇”胜于“正”，到底不成。明朝公安派又将《水浒》比《史记》，这是从文章的“奇变”上看；可是文章在道统里本不算什么，“奇变”怎么能扯得上“正经”呢？然而看法到底有些改变了。到了清朝末年，梁启超先生指出了“小说与群治之关系”，并提倡实践他的理论的创作。这更是跟新文学运动一脉相承了。

读书笔记

新文学运动以斗争的姿态出现，它必然是严肃的。他们要给白话文争取正宗的地位，要给文学争取独立的地位。而鲁迅先生的第一篇小说《狂人日记》里喊出了“吃人的礼教”和“救救孩子”，开始了反封建的工作。他的《随感录》又强烈的讽刺着老中国的种种病根子。一方面人道主义也在文学里普遍的表现着。文学担负起新的使命；配合了五四运动，它更跳上了领导的地位，虽然不是唯一的领导的地位。于是文学有了独立存在的理由，也有了新的意念。在这情形下，词曲升格为诗，小说和戏曲也升格为文学。这自然接受了“外国的影响”，然而这也未尝不是“载道”；不过载的是新的道，并且与这个新的道合为一体，不分主从。所以从传统方面看来，也还算是一脉相承的。①一方面攻击“文以载道”，一方面自己也在载另一种道，这正是相反相成，所谓矛盾的发展。

❶点明实质

虽然小说和戏曲都升格为文学，但是它们的实质并没有改变，一方面攻击“文以载道”，另一方面它们也在创造自己的道。

创造社的浪漫的感伤的作风，在反封建的工作之下要求自我的解放，也是自然的趋势。他们强调“动的精神”，强调“灵肉冲突”，是依然在严肃的正视着人生的。然而礼教渐渐垮了，自我在第一次世界大战带给中国的暂时的繁荣里越来越大了，于是乎知识分子讲究生活的趣味，讲究个人的好恶，讲究身边琐事，文坛上就出现了“言志派”，其实是玩世派。更进一步讲究幽默，为幽默而幽默，无意义的幽默。幽默代替了严肃，文坛上一片空虚。一方面色情的作品也抬起了头，凭着“解放”的名字跨过了“健康”的边界，自然也跨过了“严肃”的边界。然而这空虚只是暂时的，正如那繁荣是暂时的。“五卅”事件掀起了反帝国主义的大潮，时代又沉重起来了。

接着是国民革命，接着是左右折磨；时代需要斗争，闲情逸致只好偷偷摸摸的。这时候鲁迅先生介绍了“一面是严肃与工作，一面是荒淫与无耻”这句话。这是时代的声音。可是这严肃是更其严肃了；单是态度的严肃，艺术的严肃不成，得配合工作，现实的工作。似乎就在这当儿有了“新鸳鸯蝴蝶派”的名目，指的是那些尽在那儿玩味自我的作家。他们自己并不觉得在消遣自己，跟旧鸳鸯蝴蝶派不同。更不同的是时代，是时代缩短了那“严肃”的尺度。这尺度还在争议之中，劈头来了抗战；一切是抗战，抗战自然是极度严肃的。①可是八年的抗战太沉重了，这中间不免要松一口气，这一松，尺度就放宽了些；文学带着消消遣，似乎也是应该的。

❶发表见解

在作者的眼里，抗战是极度严肃的，但是这八年的抗战让人民备感沉重，所以根据时代需求对文学进行了调整，让文学带了些消遣，突出文学应该根据时代的需要进行调整的特征。

胜利突然而来，时代却越见沉重了。“人民性”的强调，重行紧缩了“严肃”那尺度。这“人民性”也是一种道。到了现在，要文学来载这种道，倒也是“势有必至，理有固然”。不过太紧缩了那尺度，恐怕会犯了宋儒“作文害道”说的错误，目下黄色和粉色刊物的风起云涌，固然是动乱时代的颓废趋势，但是正经作品若是一味讲究正经，只顾人民性，不管艺术性，死板板的长面孔教人亲近不得，读者们恐怕更会躲向那些刊物里去。这是运用“严肃”的尺度的时候值得平心静气算计算计的。

（原载于《中国作家》，1947 年）

精华赏析

在新文学运动开始之际，各种文体之间进行了一系列的斗争。作者认为文学应该严肃起来，即正经起来。虽然很多民间文学都是供人们消遣娱乐的，并不能算得上严肃，然而“严肃”的文学也要服务于这个时代的需求，因而在时代背景下“严肃”的尺度发生了变化。

延伸思考

1. 这篇文章讲述了一个什么事件？

2. 新文学运动争的到底是什么？

3. 小说和戏曲是严肃的还是消遣的？

相关链接

在这篇文章里，作者主要对新文学运动时期的一些争论进行了一系列的阐述。作者认为这个时期的文学应该是严肃的，而作者看到的一些文学作品，包括戏曲和小说，都是供人消遣娱乐的。作者也对正经作品只讲究正经而忽视艺术性进行了一系列的批判，表明文学应是不断发展变化的。

论通俗化

名师导读

一提到“通俗化”，我们脑海里出现的定义可能就是能让大众都能听懂的那些语言。这样定义是没有错的。那本文是如何论述通俗化的呢？让我们一起跟着作者来看看吧！

文体通俗化运动起于清朝末年。那时维新的士人急于开通民智，一方面创了报章文体，[1]所谓“新文体”，给受过教育的人说教，一方面用白话印书办报，给识得些字的人说教，再一方面推行官话字母等给没有受过教育的人说教。前两种都是文体的通俗化，后一种虽然注重在新的文字，但就写成的文体而论，也还是通俗化。

❶解释含义

作者开篇解释“新文体”的含义，说明我们需要从两个方面来理解“新文体”，并进一步解释文体的通俗化。

这种用字母拼写的文体，在当时所能表现的题材大概是有限的。据记载，这种字母的确曾经深入农村，农民会用字母来写便条，那大概是些很简单的话。最复杂的自然的“新文体”，可是通俗性大概也就比较的最小。居中的是那些白话书报。这种白话我看到的不多，就记得的来说，好像明白详尽，老老实实，直来直去。好像从语录和白话小说化出；我们这些人读起来大概没有什么味儿。

原来这种白话只是给那些识得些字的人预备的，士人们自己是不屑用的。他们还在用他们的“雅言”，就是古文，最低限度也得用“新文体”，俗语的白话只是一种慈善文体罢了。然而革命了，民国了，新文学运动了，胡适之先生和陈独秀先生主张白话是正宗的文学用语，大家该一律用白话作文，不该有士和民的分别。五四运动加速了新文学运动的成功，白话真的成为正宗的文学用语。而“新文体”也渐渐的在白话化，留心报纸的文体就可以知道。“一律用白话来作文”的日子大概也不远了。

读书笔记

胡先生等提倡的白话，大概还是用语录和白话小说等做底子，只是这时代的他们接受了西化，思想精密了，文章也简洁了。他们将雅俗一元化，而注重在“明白”或“懂得性”上，这也可以说是平民化。然而“欧化”来了，“新典主义”来了。这配合着第一次世界大战给中国带来的暂时的繁荣，和在这繁荣里知识阶级生活欧化或现代化的趋向，也是“势有必至，理有固然”。于是乎已故的宋阳先生指出这是绅士们的白话，他提倡“大众语”，这当儿更有人提倡拼音的“新文字”。这不是通俗化而是大众化。而大众就是大众，再没有“雅”的分儿。

①然而那时候这还只能够是理想；大众不能写作，写作的还只是些知识分子。于是乎先试验着从利用民间的旧形式下手，抗战后并且有过一回民族形式的讨论。讨论的结果似乎是：民族形式可以利用，但是还接受“五四”的文学传统，还容许相当的欧化。这时候又有人提倡“通俗文学”，就是利用民族形式的文学。不但提倡，并且写作。参加的人有些的确熟悉民族形式，认真的做去。但是他们将通俗文学和一般文学分开，不免落了“雅俗”的老套子。于是有人指出，通俗文学的目标该是一元的；扬弃知识阶级的绅士身分，提高大众的鉴赏水准，这样打成一片，平民化，大众化。

①细节描写

作者在那个年代提出新文体，目的是帮助大众接触更多的文学作品。然而大众还不能写作，写作多限于一些知识分子。从这个细节我们可以看出，当时大部分人都处于文盲状态。

但是说来容易做来难。民间文学虽然有天真、朴素、健康等长处，却也免不了丑角气氛，套语烂调，琐屑罗唆等毛病。这是封建社会麻痹了民众才如此的。[①] 利用旧形式而要免去这些毛病，的确很难。除非民众的生活大大的改变，他们自己先在旧瓶里装上新酒，那么用起旧形式来意义才会不同。这自然还是从知识分子方面看，因为从民众里培养出作家，现在还只是理想。不过就是民众生活改变了，知识分子还得和他们共同生活一个时期，多少打成一片，用起旧形式来，才能有血有肉。所以真难。

再说普通所谓旧形式，大概指的是韵文，散文似乎只是说书：这就是说散文是比较的不发达的。原来民众欣赏文艺，一向以音乐性为主，所以对韵文的要求大。他们要故事，但是情节得简单，得有头有尾。描写不要精细曲折，可是得详尽，得全貌。这两种要求并不冲突，因为情节尽管简单，每一个情节或人物还不妨详尽的描写。至于整个故事组织不匀称，他们倒不在乎的。韵文故事如此，散文的更得如此，这就难。

然而有些地方的民众究竟大变了，他们自己先在旧瓶里装上新酒，例如赵树理先生《李有才板话》里的那些段"快板"的语句。这些快板也许多少经过赵先生的润色，但是相信他根据的，原来就已经是旧瓶里的新酒。[②] 有了那种生活，才有那种农民，才有那种快板，才有快板里那种新的语言。赵先生和那些农民共同生活了很久，也才能用新的语言写出书里的那些新的故事。这里说"新的语言"，因为快板和那些故事的语言或文体都尽量扬弃了民族形式的封建气氛，而采取了改变中的农民的活的口语。自己正在觉醒的人民，特别宝爱自己的语言，但是李有才这些人还不能自己写作，他们需要赵先生这样的代言人。

书里的快板并不多，是以散文为主。朴素，健康，而不过火，确算得新写实主义的作风。故事简单，有头有尾，有血有肉。描写差不多没有，偶然有，也只就那农村生活里取喻，简截了当，可是新鲜有味。另有长篇《李家庄的变迁》，也是赵先生写的。

❶议论

要使文学通俗化、大众化，需要改变民众的生活，使民众自身觉醒，去改变，去学习。由此说明了白话文体的普及很难。

❷排比造势

作者在这里运用排比句，增加了文章的韵律、节奏和气势，使得文章的结构更加紧凑，也说明赵树理先生和农民共同生活，记录了民众的变化。

读书笔记

周扬先生认为赶不上《板话》里那些短篇完整。这里有了比较详尽的描写，故事也有头有尾，虽然不太简单，可是作者利用了重复的手法，就觉得也还单纯。这重复的手法正是主要的民族形式：作者能够活用，就不腻味。而全书文体或语言还能够庄重，简明，不罗嗦。这也就不易了。这的确是在结束通俗化而开始了大众化。

（原载于《燕京新闻》，1947 年）

精华赏析

文体通俗化运动具体来说就是新文体运动。在这篇文章中，不同的人对新文体有不同的看法，但推行新文体的目的就是使语言文体更通俗，条理清晰，让更多的大众平民能学习文学，接受教育。

延伸思考

1. 文中新文体的定义是什么？

2. 胡适之先生和陈独秀先生主张什么？

3. 在这篇文章里，文学一共经历了几个阶段？

相关链接

在这篇文章里，作者给我们论述了文学发展的三个阶段。其实，不管是文体的通俗化再到白话文阶段，以及后来的大众化，其最主要的目的就是希望大众学会阅读，参与到文学创作中来。

论吃饭

名师导读

吃饭是人的本性和生存的物质基础，是头等重要的事。对于吃饭这件事，朱自清先生有怎样的论判呢？一起来阅读吧！

---

①我们有自古流传的两句话：一是“衣食足则知荣辱”，见于《管子·牧民》篇，一是“民以食为天”，是汉朝郦食其说的。这些都是从实际政治上认出了民食的基本性，也就是说从人民方面看，吃饭第一。另一方面，告子说，“食色，性也”，是从人生哲学上肯定了食是生活的两大基本要求之一。《礼记·礼运》篇也说到“饮食男女，人之大欲存焉”，这更明白。照后面这两句话，吃饭和性欲是同等重要的，可是照这两句话里的次序，“食”或“饮食”都在前头，所以还是吃饭第一。

❶引用古文

作者引用古语中关于“食”的言论，来强调吃饭的重要性，肯定了吃饭第一的观点。引用古文有理有据，更有说服力。

这吃饭第一的道理，一般社会似乎也都默认。虽然历史上没有明白的记载，但是近代的情形，据我们的耳闻目见，似乎足以教我们相信从古如此。例如苏北的饥民群到江南就食，差不多年年有。最近天津《大公报》登载的费孝通先生的《不是崩溃是瘫痪》一文中就提到这个。这些难民虽然让人们讨厌，可是得给他们饭吃。给他们饭吃固然也有一二成出于慈善心，就是恻隐心，但是八九成是怕他们，怕他们铤而走险，“小人穷斯滥矣”，什么事做不出来！给他们饭吃，江南人算是认了。

[1]可是法律管不着他们吗？官儿管不着他们吗？干吗要怕要认呢？可是法律不外乎人情，没饭吃要吃饭是人情，人情不是法律和官儿压得下的。没饭吃会饿死，严刑峻罚大不了也只是个死，这是一群人，群就是力量：谁怕谁！在怕的倒是那些有饭吃的人们，他们没奈何只得认点儿。所谓人情，就是自然的需求，就是基本的欲望，其实也就是基本的权利。但是饥民群还不自觉有这种权利，一般社会也还不会认清他们有这种权利；饥民群只是冲动的要吃饭，而一般社会给他们饭吃，也只是默认了他们的道理，这道理就是吃饭第一。

❶递进问句

作者连用三个问句，有层层递进、承上启下的作用，且能引起读者的好奇心，为什么一定要给他们饭吃？进一步说明吃饭第一的观点，人们会为“吃”而不惧“死”。

三十年夏天笔者在成都住家，知道了所谓“吃大户”的情形。那正是青黄不接的时候，天又干，米粮大涨价，并且不容易买到手。于是乎一群一群的贫民一面抢米仓，一面“吃大户”。他们开进大户人家，让他们煮出饭来吃了就走。这叫作“吃大户”。“吃大户”是和平的手段，照惯例是不能拒绝的，虽然被吃的人家不乐意。当然真正有势力的尤其有枪杆的大户，穷人们也识相，是不敢去吃的。敢去吃的那些大户，被吃了也只好认了。那回一直这样吃了两三天，地面上一面赶办平粜，一面严令禁止，才打住了。据说这“吃大户”是古风；那么上文说的饥民就食，该更是古风罢。

但是儒家对于吃饭却另有标准。孔子认为政治的信用比民食更重，孟子倒是以民食为仁政的根本；这因为春秋时代不必争取人民，战国时代就非争取人民不可。[2]然而他们论到士人，却都将吃饭看做一个不足重轻的项目。孔子说，“君子固穷”，说吃粗饭，喝冷水，“乐在其中”，又称赞颜回吃喝不够，“不改其乐”。道学家称这种乐处为“孔颜乐处”，他们教人“寻孔颜乐处”，学习这种为理想而忍饥挨饿的精神。这理想就是

❷议论

作者提出，儒家提倡士人要有为理想而忍饥挨饿的精神，是因为士人有饭吃，而民众在挨饿，他们体会不到民众的饥苦。

孟子说的“穷则独善其身，达则兼善天下”，也就是所谓“节”和“道”。孟子一方面不赞成告子说的“食色，性也”，一方面在论“大丈夫”的时候列入了“贫贱不能移”一个条件。战国时代的“大丈夫”，相当于春秋时的“君子”，都是治人的劳心的人。这些人虽然也有饿饭的时候，但是一朝得了时，吃饭是不成问题的，不像小民往往一辈子为了吃饭而挣扎着。因此士人就不难将道和节放在第一，而认为吃饭好像是一个不足重轻的项目了。

①伯夷、叔齐据说反对周武王伐纣，认为以臣伐君，因此不食周粟，饿死在首阳山。这也是只顾理想的节而不顾吃饭的。配合着儒家的理论，伯夷、叔齐成为士人立身的一种特殊的标准。所谓特殊的标准就是理想的最高的标准；士人虽然不一定人人都要做到这地步，但是能够做到这地步最好。

①运用典故

作者运用伯夷、叔齐反对周武王伐纣的故事有理有据地说明只顾理想而不吃饭，结局就是被饿死，也突出了“食”的重要性。

经过宋朝道学家的提倡，这标准更成了一般的标准，士人连妇女都要做到这地步。这就是所谓“饿死事小，失节事大”。这句话原来是论妇女的，后来却扩而充之普遍应用起来，造成了无数的惨酷的愚蠢的殉节事件。这正是“吃人的礼教”。人不吃饭，礼教吃人，到了这地步总是不合理的。

士人对于吃饭却还有另一种实际的看法。北宋的宋郊、宋祁兄弟俩都做了大官，住宅挨着。宋祁那边常常宴会歌舞，宋郊听不下去，教人和他弟弟说，问他还记得当年在和尚庙里咬菜根否？宋祁却答得妙：请问当年咬菜根是为什么来着！这正是所谓“吃得苦中苦，方为人上人”。做了“人上人”，吃得好，穿得好，玩儿得好；“兼善天下”于是成了个幌子。照这个看法，忍饥挨饿或者吃粗饭、喝冷水，只是为了有朝一日可以大吃大喝，痛快的玩儿。吃饭第一原是人情，大多数士人恐怕正是这么在想。不过宋郊、宋祁的时代，道学刚起头，所以宋祁还敢公然表示他的享乐主义；后来士人的地位增进，责任加重，道学的严格的标准掩护着也约束着在治者地位的士人，他们大多数心

读书笔记

里尽管那么在想，嘴里却就不敢说出。嘴里虽然不敢说出，可是实际上往往还是在享乐着。于是他们多吃多喝，就有了少吃少喝的人；这少吃少喝的自然是被治的广大的民众。

❶议论

说明民众没有意识到吃饭是自己的权利，但凡有饭吃，就会忍着，“有行动”只是被逼无奈。

[1] 民众，尤其农民，大多数是听天由命安分守己的，他们惯于忍饥挨饿，几千年来都如此。除非到了最后关头，他们是不会行动的。他们到别处就食，抢米，吃大户，甚至于造反，都是被逼得无路可走才如此。这里可以注意的是他们不说话；“不得了”就行动，忍得住就沉默。他们要饭吃，却不知道自己应该有饭吃；他们行动，却觉得这种行动是不合法的，所以就索性不说什么话。说话的还是士人。他们由于印刷的发明和教育的发展等等，人数加多了，吃饭的机会可并不加多，于是许多人也感到吃饭难了。这就有了“世上无如吃饭难”的慨叹。虽然难，比起小民来还是容易。因为他们究竟属于治者，“百足之虫，死而不僵”，有的是做官的本家和亲戚朋友，总得给口饭吃；这饭并且总比小民吃的好。孟子说做官可以让“所识穷乏者得我”，自古以来做了官就有引用穷本家穷亲戚穷朋友的义务。[2] 到了民国，黎元洪总统更提出了“有饭大家吃”的话。这真是“菩萨”心肠，可是当时只当作笑话。原来这句话说在一位总统嘴里，就是贤愚不分，赏罚不明，就是糊涂。然而到了那时候，这句话却已经藏在差不多每一个士人的心里。难得的倒是这糊涂！

❷运用反语

民国政府提出口号“有饭大家吃”，却毫无行动，且“菩萨”二字运用得十分巧妙，讽刺了民国政府的虚伪和不作为。

第一次世界大战加上五四运动，带来了一连串的变化，中华民国在一颠一拐的走着之字路，走向现代化了。我们有了知识阶级，也有了劳动阶级，有了索薪，也有了罢工，这些都在要求“有饭大家吃”。知识阶级改变了士人的面目，劳动阶级改变了小民的面目，他们开始了集体的行动；他们不能再安贫乐道了，也不能再安分守己了，他们认出了吃饭是天赋人权，公开的要饭吃，不是大吃大喝，是够吃够喝，甚至于只要有吃有喝。然而这还只是刚起头。到了这次世界大战当中，罗斯福总统提出了四大自由，第四项是“免于匮乏的自由”。“匮乏”自然以没饭吃为首，人们至少该有免于没饭吃的自由。这就加强了人民的吃饭权，也肯定了人民的吃饭的要求；这也是“有饭大家吃”，但是着眼在平民，在全民，意义大不同了。

抗战胜利后的中国，想不到吃饭更难，没饭吃的也更多了。到了今天一般人民真是不得了，再也忍不住了，吃不饱甚至没饭吃，什么礼义什么文化都说不上。这日子就是不知道吃饭权也会起来行动了，知道了吃饭权的，更怎么能够不起来行动，要求这种“免于匮乏的自由”呢？[1]于是学生写出“饥饿事大，读书事小”的标语，工人喊出“我们要吃饭”的口号。这是我们历史上第一回一般人民公开的承认了吃饭第一。这其实比闷在心里糊涂的骚动好得多；这是集体的要求，集体是有组织的，有组织就不容易大乱了。可是有组织也不容易散；人情加上人权，这集体的行动是压不下也打不散的，直到大家有饭吃的那一天。

（原载于上海《大公报》，1947年）

❶直接描写

从当时学生和工人的反应可以看出，人民维护基本权利的意识的觉醒，也反映出人民的基本权利无法得到保障的状况，以及政府当局的不作为令作者憎恶。

作者运用了大量的名言名句、故事典故来说明历史上人们对吃饭的重视程度，通过论述近代上层人物与普通百姓吃饭标准的差别，以及最后人民为“吃饭”发声等来进一步说明吃饭的重要性。通过讨论吃饭反映出很多社会问题，尤其是上层阶级的压迫和政府的不作为。

延伸思考

1. 文中有几处引用名言名句?

2. 文中陈述了哪些社会问题?

3. 从哪里可以看出作者观察敏锐?

相关链接

作者所处的那个时代底层人民吃饭都成问题，社会动荡不安。作者通过一系列的论证说明吃饭的重要性，抗战胜利后，本以为所有人都能吃得上饭，结果温饱问题却更加难以解决。作者观察敏锐，指出一系列的社会问题，指责当权者无视人民温饱，支持人民为争取自己的基本权利而斗争。

论百读不厌

名师导读

你喜欢阅读吗？你享受阅读带给你的乐趣吗？对喜欢的书你会反复阅读很多遍吗？让我们一起来阅读这篇文章，看看朱自清对“百读不厌”是如何论述的吧！

前些日子参加了一个讨论会，讨论赵树理先生的《李有才板话》。座中一位青年提出了一件事实：[1]他读了这本书觉得好，可是不想重读一遍。大家费了一些时候讨论这件事实。有人表示意见，说不想重读一遍，未必减少这本书的好，未必减少它的价值。但是时间匆促，大家没有达到明确的结论。一方面似乎大家也都没有重读过这本书，并且似乎从没有想到重读它。然而问题不但关于这一本书，而是关于一切文艺作品。为什么一些作品有人“百读不厌”，另一些却有人不想读第二遍呢？是作品的不同吗？是读的人不同吗？如果是作品不同，“百读不厌”是不是作品评价的一个标准呢？这些都值得我们思索一番。

❶举例子

作者开篇用一个具体的例子来说明有的书使人不想再重读一遍，但这不能降低书的价值，继而引出下文对于“百读不厌”的讨论。

苏东坡有《送章秀才失解西归》诗，开头两句是：

旧书不厌百回读，
熟读深思子自知。

“百读不厌”这个成语就出在这里。“旧书”指的是经典，所以要“熟读深思”。《三国志·魏志·王肃传·注》：

人有从（董遇）学者，遇不肯教，而云“必当先读百遍”，言“读书百遍而意自见”。

经典文字简短，意思深长，要多读，熟读，仔细玩味，才能了解和体会。所谓“意自见”，“子自知”，着重自然而然，这是不能着急的。[1]这诗句原是安慰和勉励那考试失败的章秀才的话，劝他回家再去安心读书，说“旧书”不嫌多读，越读越玩味越有意思。固然经典值得“百回读”，但是这里着重的还在那读书的人。简化成“百读不厌”这个成语，却就着重在读的书或作品了。这成语常跟另一成语“爱不释手”配合着，在读的时候“爱不释手”，读过了以后“百读不厌”。这是一种赞词和评语，传统上确乎是一个评价的标准。当然，“百读”只是“重读”“多读”“屡读”的意思，并不一定一遍接着一遍的读下去。

❶解释说明

作者简要地介绍了“百读不厌”这个词语的来历和含义，说明能百读经典而不厌的人，一定要有内在动力，比如文中的科举考试，就是文人读书的动力。

经典给人知识，教给人怎样做人，其中有许多语言的、历史的、修养的课题，有许多注解，此外还有许多相关的考证，读上百遍，也未必能够处处贯通，教人多读是有道理的。但是后来所谓“百读不厌”，往往不指经典而指一些诗，一些文，以及一些小说；这些作品读起来津津有味，重读，屡读也不腻味，所以说“不厌”；“不厌”不但是“不讨厌”，并且是“不厌倦”。诗文和小说都是文艺作品，这里面也有一些语言的和历史的课题，诗文也有些注解和考证；小说方面呢，却直到近代才有人注意这些课题，于是也有了种种考证。但是过去一般

读书笔记

读者只注意诗文的注解，不大留心那些课题，对于小说更其如此。他们集中在本文的吟诵或浏览上。这些人吟诵诗文是为了欣赏，甚至于只为了消遣，浏览或阅读小说更只是为了消遣，他们要求的是趣味，是快感。这跟诵读经典不一样。诵读经典是为了知识，为了教训，得认真，严肃，正襟危坐的读，不像读诗文和小说可以马马虎虎的，随随便便的，在床上，在火车轮船上都成。①这么着可还能够教人“百读不厌”，那些诗文和小说到底是靠了什么呢？

在笔者看来，诗文主要是靠了声调，小说主要是靠了情节。过去一般读者大概都会吟诵，他们吟诵诗文，从那吟诵的声调或吟诵的音乐得到趣味或快感，意义的关系很少；只要懂得字面儿，全篇的意义弄不清楚也不要紧的。梁启超先生说过李义山的一些诗，虽然不懂得究竟是什么意思，可是读起来还是很有趣味（大意）。这种趣味大概一部分在那些字面儿的影像上，一部分就在那七言律诗的音乐上。字面儿的影像引起人们奇丽的感觉；这种影像所表示的往往是珍奇，华丽的景物，平常人不容易接触到的，所谓“七宝楼台”之类。民间文艺里常常见到的“牙床”等等，也正是这种作用。民间流行的小调以音乐为主，而不注重词句，欣赏也偏重在音乐上，跟吟诵诗文也正相同。感觉的享受似乎是直接的，本能的，即使是字面儿的影像所引起的感觉，也还多少有这种情形，至于小调和吟诵，更显然直接诉诸听觉，难怪容易唤起普遍的趣味和快感。至于意义的欣赏，得靠综合诸感觉的想像力，这个得有长期的教养才成。然而就像教养很深的梁启超先生，有时也还让感觉领着走，足见感觉的力量之大。

②小说的“百读不厌”，主要的是靠了故事或情节。人们在儿童时代就爱听故事，尤其爱奇怪的故事。成人也还是爱故事，不过那情节得复杂些。这些故事大概总是神仙、武侠、才子、佳人，经过种种悲欢离合，而以大团圆终场。悲欢离合总得不同寻常，那大团圆才足奇。小说本来起于民间，起于农民

❶运用设问

作者运用设问的修辞手法，来启发读者的思考，然后论述诗文和小说使人“百读不厌”的原因，从而引起读者的阅读兴趣。

❷概括

本句主要概括了小说使人“百读不厌”的原因，引出下文关于这一观点的讨论。

和小市民之间。在封建社会里，农民和小市民是受着重重压迫的，他们没有多少自由，却有做白日梦的自由。他们寄托他们的希望于超现实的神仙，神仙化的武侠，以及望之若神仙的上层社会的才子佳人；他们希望有朝一日自己会变成了这样的人物。这自然是不能实现的奇迹，可是能够给他们安慰、趣味和快感。他们要大团圆，正因为他们一辈子是难得大团圆的，奇情也正是常情啊。他们同情故事中的人物，“设身处地”的“替古人担忧”，这也因为事奇人奇的原故。过去的小说似乎始终没有完全移交到士大夫的手里。士大夫读小说，只是看闲书，就是作小说，也只是游戏文章，总而言之，消遣而已。他们得化装为小市民来欣赏，来写作；在他们看，小说奇于事实，只是一种玩艺儿，所以不能认真、严肃，只是消遣而已。

[1]封建社会渐渐垮了，五四时代出现了个人，出现了自我，同时成立了新文学。新文学提高了文学的地位；文学也给人知识，也教给人怎样做人，不是做别人的，而是做自己的人。可是这时候写作新文学和阅读新文学的，只是那变了质的下降的士和那变了质的上升的农民和小市民混合成的知识阶级，别的人是不愿来或不能来参加的。而新文学跟过去的诗文和小说不同之处，就在它是认真的负着使命。早期的反封建也罢，后来的反帝国主义也罢，写实的也罢，浪漫的和感伤的也罢，文学作品总是一本正经的在表现着并且批评着生活。这么着文学扬弃了消遣的气氛，回到了严肃——古代贵族的文学如《诗经》，倒本来是严肃的。这负着严肃的使命的文学，自然不再注重“传奇”，不再注重趣味和快感，读起来也得正襟危坐，跟读经典差不多，不能再那么马马虎虎，随随便便的。但是究竟是形象化的，诉诸情感的，跟经典以冰冷的抽象的理智的教训为主不同，又是现代的白话，没有那些语言的和历史的问题，所以还能够吸引许多读者自动去读。不过教人“百读不厌”甚至教人想去重读一遍的作品，的确是很少了。

新诗或白话诗，和白话文，都脱离了那多多少少带着人工

❶引发思考

作者指出，时代变了，封建社会瓦解了，个人变得重要了，文学的教育意义也变了，人们对“百读不厌”有了新的思考。

读书笔记

的、音乐的声调，而用着接近说话的声调。喜欢古诗、律诗和骈文、古文的失望了，他们尤其反对这不能吟诵的白话新诗；因为诗出于歌，一直不曾跟音乐完全分家，他们是不愿扬弃这个传统的。然而诗终于转到意义中心的阶段了。古代的音乐是一种说话，所谓“乐语”，后来的音乐独立发展，变成“好听”为主了。现在的诗既负上自觉的使命，它得说出人人心中所欲言而不能言的，自然就不注重音乐而注重意义了。——一方面音乐大概也在渐渐注重意义，回到说话罢？——字面儿的影像还是用得着，不过一般的看起来，影像本身，不论是鲜明的，朦胧的，可以独立的诉诸感觉的，是不够吸引人了；①影像如果必需得用，就要配合全诗的各部分完成那中心的意义，说出那要说的话。在这动乱时代，人们着急要说话，因为要说的话实在太多。小说也不注重故事或情节了，它的使命比诗更见分明。它可以不靠描写，只靠对话，说出所要说的。这里面神仙、武侠、才子、佳人，都不大出现了，偶然出现，也得打扮成平常人；是的，这时代的小说的人物，主要的是些平常人了，这是平民世纪啊。至于文，长篇议论文发展了工具性，让人们更如意的也更精密的说出他们的话，但是这已经成为诉诸理性的了。诉诸情感的是那发展在后的小品散文，就是那标榜“生活的艺术”，抒写“身边琐事”的。这倒是回到趣味中心，企图着教人“百读不厌”的，确乎也风行过一时。然而时代太紧张了，不容许人们那么悠闲；大家嫌小品文近乎所谓“软性”，丢下了它去找那“硬性”的东西。

②文艺作品的读者变了质了，作品本身也变了质了，意义和使命压下了趣味，认识和行动压下了快感。这也许就是所谓“硬”的解释。“硬性”的作品得一本正经的读，自然就不容易让人“爱不释手”，“百读不厌”。于是“百读不厌”就不成其为评价的标准了，至少不成其为主要的标准了。但是文艺是欣赏的对象，它究竟是形象化的，诉诸情感的，怎么“硬”也不能“硬”到和论文或公式一样。诗虽然不必再讲那带几分机

❶细节描写

无论是写诗还是谱曲，形式可以多种多样，主要是要突出中心意义。影像或者韵律都只是突出中心的工具，是为中心意义服务的。

❷解释说明

作者总结了在时代、读者、作品变了质的情况下，“百读不厌”引发的思考和结论。

械性的声调，却不能不讲节奏，说话不也有轻重高低快慢吗？节奏合式，才能集中，才能够高度集中。文也有文的节奏，配合着意义使意义集中。小说是不注重故事或情节了，但也总得有些契机来表现生活和批评它；这些契机得费心思去选择和配合，才能够将那要说的话，要传达的意义，完整的说出来，传达出来。集中了的完整了的意义，才见出情感，才让人乐意接受，“欣赏”就是“乐意接受”的意思。能够这样让人欣赏的作品是好的，是否“百读不厌”，可以不论。在这种情形之下，笔者同意：《李有才板话》即使没有人想重读一遍，也不减少它的价值，它的好。

但是在我们的现代文艺里，让人“百读不厌”的作品也有的。[1] 例如鲁迅先生的《阿Q正传》，茅盾先生的《幻灭》、《动摇》、《追求》三部曲，笔者都读过不止一回，想来读过不止一回的人该不少罢。在笔者本人，大概是《阿Q正传》里的幽默和三部曲里的几个女性吸引住了我。这几个作品的好已经定论，它们的意义和使命大家也都熟悉，这里说的只是它们让笔者“百读不厌”的因素。《阿Q正传》主要的作用不在幽默，那三部曲的主要作用也不在铸造几个女性，但是这些却可能产生让人“百读不厌”的趣味。这种趣味虽然不是必要的，却也可以增加作品的力量。不过这里的幽默决不是油滑的，无聊的，也决不是为幽默而幽默，而女性也决不就是色情，这个界限是得弄清楚的。抗战期中，文艺作品尤其是小说的读众大大的增加了。增加的多半是小市民的读者，他们要求消遣，要求趣味和快感。扩大了的读众，有着这样的要求也是很自然的。长篇小说的流行就是这个要求的反应，因为篇幅长，故事就长，情节就多，趣味也就丰富了。这可以促进长篇小说的发展，倒是很好的。可是有些作者却因为这样的要求，忘记了自己的边界，放纵到色情上，以及粗劣的笑料上，去吸引读众，这只是迎合低级趣味。而读者贪读这一类低级的软性的作品，也只是沉溺，说不上“百读不厌”。

❶引用作品

作者引用鲁迅先生和茅盾先生的作品，一方面凸显了鲁迅先生和茅盾先生作品的优秀，值得让人反复阅读，另一方面也突出了作者对他们的敬仰之情。

①“百读不厌”究竟是个赞词或评语，虽然以趣味为主，总要是纯正的趣味才说得上的。

（原载于《文讯》月刊）

❶下结论

作者最后总结讨论“百读不厌”的用意，说明作品能否“百读不厌”重在作家的创作，既要重视意义，又要写出纯正的趣味，避免落入俗套。

精华赏析

作者以对赵树理先生的《李有才板话》的讨论为引线，提出对“百读不厌”的作品的评价标准的思考和讨论，探讨了“百读不厌”经历的时代变化，思考如何创作出“百读不厌”的作品。

延伸思考

1.“百读不厌”这个成语出自哪里？

2.请找出文章中关于“百读不厌”的解释。

3.在现代文学作品里，让人“百读不厌”的作品有哪些？

相关链接

在作者眼里，有些作品是能够让人百读不厌的。那到底什么样的作品能够达到“百读不厌”的标准呢？百读不厌，并不在于读的次数，而在于每次读时能否引发不同的感悟，在于作品的意义和趣味性。

论废话

在我们的认知里，“废话”就是无用的、与正事无关的，非常啰唆而无意义的话。在本篇文章中，朱自清对“废话”一词有怎样的认识呢？一起来阅读吧！

---

❶用语犀利

作者用“废话”“别费话”“少说费话”三个语句，引起读者的阅读兴趣，为下文区分“费话”和“废话”两词做铺垫。另外，作者开篇便申明观点，辩证地讨论了这两个词的含义。

①“废话！”“别费话！”“少说费话！”都是些不客气的语句，用来批评或阻止别人的话的。这可以是严厉的申斥，可以只是亲密的玩笑，要看参加的人，说的话，和用这些语句的口气。“废”和“费”两个不同的字，一般好像表示同样的意思，其实有分别。旧小说里似乎多用“费话”，现代才多用“废话”。前者着重在罗唆，罗唆所以无用；后者着重在无用，无用就觉罗唆。平常说“废物”，“废料”，都指斥无用，“废话”正是一类。“费”是“白费”，“浪费”，虽然指斥，还是就原说话人自己着想，好像还在给他打算似的。“废”却是听话的人直截指斥，不再拐那个弯儿，细味起来该是更不客气些。不过约定俗成，我们还是用“废”为正字。

道家教人“得意而忘言”，言既该忘，到头儿岂非废话？佛家告人真如“不可说”，禅宗更指出“开口便错”：所有言说，到头儿全是废话。他们说言不足以尽意，根本怀疑语言，所以有这种话。说这种话时虽然自己暂时超出人外言外，可是还得有这种话，还得用言来“忘言”，说那“不可说”的。这虽然可以不算矛盾，却是不可解的连环。所有的话到头来都是废话，可是人活着得说些废话，到头来废话还是不可废的。① 道学家教人少作诗文，说是“玩物丧志”，说是“害道”，那么诗文成了废话，这所谓诗文指表情的作品而言。但是诗文是否真是废话呢？

跟着道家佛家站在高一层看，道学家一切的话也都不免废话；让我们自己在人内言内看，诗文也并不真是废话。人有情有理，一般的看，理就在情中，所以俗话说“讲情理”。俗话也可以说“讲理”，“讲道理”，其实讲的还是“情理”；不然讲死理或死讲理怎么会叫作“不通人情”呢？道学家只看在理上，想要将情抹杀，诗文所以成了废话。但谁能无情？谁不活在情里？人一辈子多半在表情的活着；人一辈子好像总在说理，叙事，其实很少同时不在不知不觉中表情的。“天气好！”“吃饭了？”岂不都是废话？可是老在人嘴里说着。看个朋友商量事儿，有时得闲闲说来，言归正传，写信也常如此。外交辞令更是不着边际的多。——战国时触龙说赵太后，也正仗着那一番废话。再说人生是个动，行是动，言也是动；人一辈子一半是行，一半是言。一辈子说话作文，若是都说道理，那有这么多道理？况且谁能老是那么矜持着？人生其实多一半在说废话。诗文就是这种废话。得有点废话，我们才活得有意思。

② 不但诗文，就是儿歌，民谣，故事，笑话，甚至无意义的接字歌，绕口令等等，也都给人安慰，让人活得有意思。所以儿童和民众爱这些废话，不但儿童和民众，文人，读书人也渐渐爱上了这些。英国吉士特顿曾经提倡“无意义的话”，并曾推荐那本《无意义的书》，正是儿歌等等的选本。这些其实就可以译为“废话”和“废话书”，不过这些废话是无意义的。吉士特顿大概觉得那些有意义的废话还不够“废”的，所以百尺竿头更进一步。在繁剧的现代生活里，这种无意义的废话倒

❶启发思考

作者指出道学家认为作诗文是玩物丧志，从而引发下文关于诗文是否成了废话的疑问，启发读者去积极思考。

❷过渡句

上文中作者解释人生多半在说废话，这样活得才有意义，诗文就是废话，而儿歌等同样是废话，却是人们需要的。本句承接上文，引出下文“有用的废话”的结论。

是可以慰情，可以给我们休息，让我们暂时忘记一切。这是受用，也就是让我们活得有意思。——就是说理，有时也用得着废话，如逻辑家无意义的例句“张三是大于”，“人类是黑的”等。这些废话最见出所谓无用之用；那些有意义的，其实也都以无用为用。有人曾称一些学者为“有用的废物”，我们也不妨如法炮制，称这些有意义的和无意义的废话为“有用的废话”。废是无用，到头来不可废，就又是有用了。

❶引用古文

作者引用汉代申公说的一句话表明，说再多花言巧语，无论说得多么好听，如果不能实现，那还不如去多干一些事情，说明多说话不如多做事。

话说回来，废话都有用吗？也不然。[1]汉代申公说，“为政不在多言，顾力行何如耳。”“多言”就是废话。为政该表现于行事，空言不能起信；无论怎么好听，怎么有道理，不能兑现的支票总是废物，不能实践的空言总是废话。这种巧语花言到头来只教人感到欺骗，生出怨望，我们无须“多言”，大家都明白这种废话真是废话。有些人说话爱跑野马，闹得“游骑无归”。有些人作文“下笔千言，离题万里”。但是离题万里跑野马，若能别开生面，倒也很有意思。只怕老在圈儿外兜圈子，兜来兜去老在圈儿外，那就千言万语也是白饶，只教人又腻味又着急。这种才是“知难”；正为不知，所以总说不到紧要去处。这种也真是废话。还有人爱重复别人的话。别人演说，他给提纲挈领；别人谈话，他也给提纲挈领。若是那演说谈话够复杂的或者够杂乱的，我们倒也乐意有人这么来一下。可是别人说得清清楚楚的，他还要来一下，甚至你自己和他谈话，他也要对你来一下——妙在丝毫不觉，老那么津津有味的，真教人啼笑皆非。其实谁能不重复别人的话，古人的，今人的？但是得变化，加上时代的色彩，境地的色彩，或者自我的色彩，总让人觉着有点儿新鲜玩意儿才成。不然真是废话，无用的废话！

读书笔记

（原载于《生活文艺》，1944 年）

精华赏析

在这篇文章中，作者首先对“废话”做出了解释，“废”自然是“白费”“浪费”，那么废话就是无用的话。可是在文学作品里有些废话能够给人安慰，那这样的“废话”就是让人觉得有趣的“有用的废话”。作者对“废话”一词做了辩证的论述，说明人生需要废话，这才有意义，因而废话就可分为“有用”或“无用”的了。

延伸思考

1.请在文章中找出作者对“废话”的解释。

2.废话一定是无用的、对生活没有积极意义的话吗？

3.道学家认为诗文是废话吗？

相关链接

在这篇文章中，作者对于“废话”有不同的理解。有些废话能够给人带来快乐，调节情绪，这是“有用的废话”；可是有些话，别人已经说得很清楚，你再去重复的时候，这就成了“无用的废话”，还不如不说。

话中有鬼

名师导读

你相信这个世界上有鬼吗？这里的鬼不是指恐怖电影中的“鬼”，而是人们常常挂在嘴边的，运用在语言表达中的“鬼”。那话中的“鬼”到底是什么呢？请跟着作者一起去探索吧！

不管我们相信有鬼或无鬼，我们的话里免不了有鬼。我们话里不但有鬼，并且铸造了鬼的性格，描画了鬼的形态，赋与了鬼的才智。凭我们的话，鬼是有的，并且是活的。这个来历很多，也很古老，我们有的是鬼传说，鬼艺术，鬼文学。但是一句话，我们照自己的样子创出了鬼，正如宗教家的上帝照他自己的样子创出了人一般。鬼是人的化身，人的影子。我们讨厌这影子，有时可也喜欢这影子。正因为是自己的化身，才能说得活灵活现的，才会老挂在嘴边儿上。

❶**举例论证**

作者引用含“鬼”的词语，说明人们喜欢将“鬼”挂在嘴边，且证实了“鬼”是人们自己的化身，运用词语举例，论证自己的观点。

①“鬼”通常不是好词儿。说“这个鬼！”是在骂人，说“死鬼”也是的。还有“烟鬼”，“酒鬼”，“馋鬼”等，都不是好话。不过骂人有怒骂，也有笑骂；怒骂是恨，笑骂却是爱——俗语道，

"打是疼，骂是爱"，就是明证。这种骂尽管骂的人装得牙痒痒的，挨骂的人却会觉得心痒痒的。女人喜欢骂人"鬼……""死鬼！"大概就是这个道理。至于"刻薄鬼"，"啬刻鬼"，"小气鬼"等，虽然不大惹人爱似的，可是笑嘻嘻的骂着，也会给人一种热，光却不会有——鬼怎么会有光？光天化日之下怎么会有鬼呢？固然也有"白日见鬼"这句话，那跟"见鬼"，"活见鬼"一样，只是说你"与鬼为邻"，说你是个鬼。鬼没有阳气，所以没有光。所以只有"老鬼"，"小鬼"，没有"少鬼"，"壮鬼"，老年人跟小孩子阳气差点儿，凭他们的年纪就可以是鬼，青年人，中年人阳气正盛，不能是鬼。青年人，中年人也可以是鬼，但是别有是鬼之道，不关年纪。[1]"阎王好见，小鬼难当"，那"小"的是地位，所以可怕可恨；若凭年纪，"老鬼"跟"小鬼"倒都是恨也成，爱也成。——若说"小鬼头"，那简直还亲亲儿的，热热儿的。又有人爱说"鬼东西"，那也还只是鬼，"鬼"就是"东西"，"东西"就是"鬼"。总而言之，鬼贪，鬼小，所以"有钱使得鬼推磨"；鬼是一股阴气，是黑暗的东西。人也贪，也小，也有黑暗处，鬼其实是代人受过的影子。所以我们只说"好人"，"坏人"，却只说"坏鬼"；恨也罢，爱也罢，从来没有人说"好鬼"。

"好鬼"不在话下，"美鬼"也不在话下，"丑鬼"倒常听见。说"鬼相"，说"像个鬼"，也都指鬼而言。不过丑的未必就不可爱，特别像一个女人说："你看我这副鬼相！""你看我像个鬼！"她真会想教人讨厌她吗？"做鬼脸"也是鬼，可是往往惹人爱，引人笑。这些都是丑得有意思。"鬼头鬼脑"不但丑，并且丑得小气。"鬼胆"也是小的，"鬼心眼儿"也是小的。"鬼胎"不用说的怪胎，"怀着鬼胎"不用说得担惊害怕。还有，书上说，"冷如鬼手馨！"鬼手是冰凉的，尸体原是冰凉的。"鬼叫"，"鬼哭"都刺耳难听。——"鬼胆"

❶讨论

作者引用名言古语，比喻下属比长官难对付，说明"小鬼"代表地位时，令人憎恨，但代表年龄时，又显亲切，进一步论证人们嘴边的"鬼"意义不同。

读书笔记

和“鬼心眼儿”却有人爱，为的是怪可怜见的。从我们话里所见的鬼的身体，大概就是这一些。

读书笔记

再说“鬼鬼祟祟的”虽然和“鬼头鬼脑”差不多，可只描画那小气而不光明的态度，没有指出身体部分。这就跟着“出了鬼！”“其中有鬼！”固然，“鬼”，“诡”同音，但是究竟因“鬼”而“诡”，还是因“诡”而“鬼”，似乎是个兜不完的圈子。我们也说“出了花样”，“其中有花样”，“花样”正是“诡”，是“谲”；鬼是诡谲不过的，所以花样多的人，我们说他“鬼得很！”书上的“鬼蜮伎俩”，口头的“鬼计多端”，指的就是这一类人。这种人只惹人讨厌招人恨，谁爱上了他们才怪！这种人的话自然常是“鬼话”。不过“鬼话”未必都是这种人的话，有些居然娓娓可听，简直是“昵昵儿女语”，或者是“海外奇谈”。说是“鬼话”！尽管不信可是爱听的，有的是。寻常诳语也叫做“鬼话”，王尔德说得有理，诳原可以是很美的，只要撒得好。鬼并不老是那么精明，也有马虎的时候，说这种“无关心”的“鬼话”，就是他马虎的时候。写不好字叫做“鬼画符”，做不好活也叫做“鬼画符”，都是马马虎虎的，敷敷衍衍的。若连不相干的“鬼话”都不爱说，“符”也不爱“画”，那更是“懒鬼”。“懒鬼”还可以希望他不懒，最怕的是“鬼混”，“鬼混”就简直没出息了。

从来没有听见过“笨鬼”，鬼大概总有点儿聪明，所谓“鬼聪明”。“鬼聪明”虽然只是不正经的小聪明，却也有了不起处。“什么鬼玩意儿！”尽管你瞧不上眼，他的可是一套玩意儿。你笑，你骂，你有时笑不得，哭不得，总之，你不免让“鬼玩意儿”耍一回。“鬼聪明”也有正经的，书上叫做“鬼才”。①李贺是唯一的号为“鬼才”的诗人，他的诗浓丽和幽险，森森然有鬼气。更上一层的“鬼聪明”，书上叫作“鬼工”；“鬼工”险而奇，非人力所及。这词儿用来夸赞佳山水，大自然的

①举例论证

作者列举李贺的例子来证明，其实很多时候，“鬼”并不是一个贬义词，而“鬼才”更是一个褒义词，体现了作者积极思考。

读书笔记

创作，但似乎更多用来夸赞人们文学的和艺术的创作。还有“鬼斧神工”，自然奇妙，也是这一类颂辞。借了“神”的光，“鬼”才能到这“自然奇妙”的一步，不然只是“险而奇”罢了。可是借光也大不易，论书画的将“神品”列在第一，绝不列“鬼品”，“鬼”到底不能上品，真也怪可怜的。

（原载于《中央月报》《星期增刊》，1944 年）

精华赏析

作者在这篇文章中论述了不同场景下“话中有鬼”的含义。对于含“鬼”的词语，我们不能一概而论，认为它是贬义词，不同场景下、不同的人使用，含义也会不一样。

延伸思考

1. 你觉得“鬼”一定是贬义词吗？

2. 文中指出的号称“鬼才”的诗人是谁？

3. 请在文章中找出三个关于“鬼”的短语。

相关链接

在这篇文章中，作者用语朴素，引用人们常挂在嘴边的含“鬼”的词句来讨论“话中有鬼”的含义。文章中整体风格幽默风趣，作者对不同话里的“鬼”都进行了一定程度的分析，体现了作者细致入微的观察及独到的见解与思考。

论自己

名师导读

在家里时，你有父母的呵护；在生活中，你有朋友的关心。当你独处时，或许会思考，真正了解自己的是别人吗？其实不是。最了解自己的人还是自己。让我们跟着作者一起去了解一下他是如何论自己的吧！

翻开辞典，“自”字下排列着数目可观的成语，这些“自”字多指自己而言。这中间包括着一大堆哲学，一大堆道德，一大堆诗文和废话，一大堆人，一大堆我，一大堆悲喜剧。自己“真乃天下第一英雄好汉”，有这么些可说的，值得说值不得说的！[1]难怪纽约电话公司研究电话里最常用的字，在五百次通话中会发现三千九百九十次的“我”。这“我”字便是自己称自己的声音，自己给自己的名儿。

❶列数字 作者列出数字，比如“五百”，“三千九百九十”，突出了“我”在通话中的使用频率之高，说明人是以己为本的。

自爱自怜！真是天下第一英雄好汉也难免的，何况区区寻常人！冷眼看去，也许只觉得那枉自尊大狂妄得可笑；可是这只见了真理的一半儿。掉过脸儿来，自爱自怜确也有不得不自爱自怜的。幼小时候有父母爱怜你，特别是有母亲爱怜你。到了长大成人，“娶了媳妇儿忘了娘”，娘这样看时就不必再爱怜你，至少不必再像当年那样爱怜你。——女的呢，“嫁出门的女儿，泼出门的水”；做母亲的虽然未必这样看，可是形格势禁而且鞭长莫及，就是爱怜得着，也只算找补点罢了。爱人该爱怜你？然而爱人们的嘴一例是甜蜜的，谁能说“你泥中有我，我泥中有你！”真有那么回事儿？赶到爱人变了太太，再生了孩子，你算成了家，太太得管家管孩子，更不能一心儿爱怜你。你有时候会病，“久病床前无孝子”，太太怕也够倦的，够烦的。住医院？好，假如有运气住到像当年北平协和医院样的医院里去，倒是比家里强得多。但是护士们看护你，是服务，是工作；也许夹上点儿爱怜在里头，那是“好生之德”，不是爱怜你，是爱怜“人类”。——你又不能老呆在家里，一离开家，怎么着也算“作客”；那时候更没有爱怜你的。可以有朋友招呼你；但朋友有朋友的事儿，哪能教他将心常放在你身上？可以有属员或仆役伺候你，那——说得上是爱怜么？①总而言之，天下第一爱怜自己的，只有自己；自爱自怜的道理就在这儿。

再说，“大丈夫不受人怜。”穷有穷干，苦有苦干；世界那么大，凭自己的身手，哪儿就打不开一条路？何必老是向人愁眉苦脸唉声叹气的！愁眉苦脸不顺耳，别人会来爱怜你？自己免不了伤心的事儿，咬紧牙关忍着，等些日子，等些年月，会平静下去的。说说也无妨，只别不拣时候不看地方老是向人叨叨，叨叨得谁也不耐烦的岔开你或者躲开你。也别怨天怨地将一大堆感叹的句子向人身上扔过去。你怨的是天地，倒碍不着别人，只怕别人奇怪你的火气怎么这样大。——自己也免不了吃别人的亏。值不得计较的，不作声吞下肚去。出入大的想法子复仇，力量不够，卧薪尝胆的准备着。可别这儿那儿尽嚷嚷——嚷嚷完了一扔开，倒便宜了那欺负你的人。②“好汉胳膊折了往袖子里藏”，为的是不在人面前露怯相，要人爱怜这“苦人儿”似的，这是要强，不是装。说也怪，不受人怜的人倒是能得人怜的人；要强的人总是最能自爱自怜的人。

大丈夫也罢，小丈夫也罢，自己其实是渺乎其小的，整个

❶段落总结

作者在段落末尾用一句话点明了本段落论述的中心，总结“自爱自怜”的道理，说明真正能够爱护自己的就只有自己。

❷引用俗语

作者引用俗语，进一步证实“大丈夫不受人怜”，说明自怜自爱的人更能获得他人的怜爱。

儿人类只是一个小圆球上一些碳水化合物，像现代一位哲学家说的，别提一个人的自己了。庄子所谓马体一毛，其实还是放大了看的。英国有一家报纸登过一幅漫画，画着一个人，仿佛在一间铺子里，周遭陈列着从他身体里分析出来的各种原素，每种标明分量和价目，总数是五先令——那时合七元钱。现在物价涨了，怕要合国币一千元了罢？然而，个人的自己也就值区区这一千元儿！自己这般渺小，不自爱自怜着点又怎么着！然而，“顶天立地”的是自己，“天地与我并生，万物与我为一”的也是自己；[1]有你说这些大处只是好听的话语，好看的文句？你能愣说这样的自己没有！有这么的自己，岂不更值得自爱自怜的？再说自己的扩大，在一个寻常人的生活里也可见出。且先从小处看。小孩子就爱搜集各国的邮票，正是在扩大自己的世界。从前有人劝学世界语，说是可以和各国人通信。你觉得这话幼稚可笑？可是这未尝不是扩大自己的一个方向。再说这回抗战，许多人都走过了若干地方，增长了若干阅历。特别是青年人身上，你一眼就看出来，他们是和抗战前不同了，他们的自己扩大了。——这样看，自己的小，自己的大，自己的由小而大，在自己都是好的。

❶运用反问

作者运用反问句，加深读者对“自怜自爱”的进一步思考。

自己都觉得自己好，不错；可是自己的确也都爱好。做官的都爱做好官，不过往往只知道爱做自己家里人的好官，自己亲戚朋友的好官；这种好官往往是自己国家的贪官污吏。做盗贼的也都爱做好盗贼——好喽啰，好伙伴，好头儿，可都只在贼窝里。有大好，有小好，有好得这样坏。自己关闭在自己的丁点大的世界里，往往越爱好越坏。所以非扩大自己不可。但是扩大自己得一圈儿一圈儿的，得充实，得踏实。别像肥皂泡儿，一大就裂。“大丈夫能屈能伸”，该屈的得屈点儿，别只顾伸出自己去。也得估计自己的力量。力量不够的话，“人一能之，己百之，人十能之，己千之”；得寸是寸，得尺是尺。总之路是有的。看得远，想得开，把得稳；自己是世界的时代的一环，别脱了节才真算好。力量怎样微弱，可是是自己的。相信自己，

读书笔记

靠自己，随时随地尽自己的一份儿往最好里做去，让自己活得有意思，一时一刻一分一秒都有意思。这么着，自爱自怜才真是有道理的。

（原载于《人世间》，1942 年）

精华赏析

在这篇文章中，作者围绕着“自己需要去爱护自己”这个中心论点，展开了一系列的论述。从母亲、爱人到医院里的护士，他们并不能给自己真正的爱怜，而唯一能够依靠的就是自己。结尾点明了文章的主旨，再次印证了中心论点。

延伸思考

1. 你认为本文的中心论点是什么？

2. 作者举了哪些例子来论证本文的中心论点？

3. 护士和医生对你细心地照顾，称得上是爱怜吗？

相关链接

在这篇文章中，作者为我们打开了另一个认知的世界，可能我们自己都没有意识到，其实真正应该疼爱自己的正是自己。很多时候靠他人不一定靠得住，但靠自己准没有错。

论诚意

名师导读

你认为人际交往中最重要的品质是什么呢？有人认为是善良，有人认为是正直。在作者的眼里，人际交往中最重要的品质是诚意。那诚意具体来说是什么呢？我们可以在这篇文章中找到答案。

---

❶解释词语

作者用对比的手法，说明“诚”是一种重要的品性。

诚伪是品性，却又是态度。从前论人的诚伪，大概就品性而言。[1] 诚实，诚笃，至诚，都是君子之德；不诚便是诈伪的小人。品性一半是生成，一半是教养；品性的表现出于自然，是整个儿的为人。说一个人是诚实的君子或诈伪的小人，是就他的行迹总算账。君子大概总是君子，小人大概总是小人。虽然说气质可以变化，盖了棺才能论定人，那只是些特例。不过一个社会里，这种定型的君子和小人并不太多，一般常人都浮沉在这两界之间。所谓浮沉，是说这些人自己不能把握住自己，不免有诈伪的时候。这也是出于自然。还有一层，这些人对人对事有时候自觉的加减他们的诚意，去适应那局势。这就是态度。态度不一定反映出品性来；一个诚实的朋友到了不得已的时候，也会撒个谎什么的。态度出于必要，出于处世的或社交的必要，常人是免不了这种必要的。这是“世故人情”的一个项目。有时可以原谅，有时甚至可以容许。态度的变化多，在现代多变的社会里也许更会使人感兴趣些。我们嘴里常说的，笔下常写的“诚恳”、“诚意”和“虚伪”等词，大概都是就态度说的。

但是一般人用这几个词似乎太严格了一些。照他们的看法，不诚恳无诚意的人就未免太多。而年轻人看社会上的人和事，除了他们自己以外差不多尽是虚伪的。这样用“虚伪”那个词，又似乎太宽泛了一些。① 这些跟老先生们开口闭口说“人心不古，世风日下”同样犯了笼统的毛病。一般人似乎将品性和态度混为一谈，年轻人也如此，却又加上了“天真”“纯洁”种种幻想。诚实的品性确是不可多得，但人孰无过，不论哪方面，完人或圣贤总是很少的。我们恐怕只能宽大些，卑之无甚高论，从态度上着眼。不然无谓的烦恼和纠纷就太多了。至于天真纯洁，似乎只是儿童的本分——老气横秋的儿童实在不顺眼。可是一个人若总是那么天真纯洁下去，他自己也许还没有什么，给别人的麻烦却就太多。有人赞美“童心”“孩子气”，那也只限于无关大体的小节目，取其可以调剂调剂平板的氛围气。若是重要关头也如此，那时天真恐怕只是任性，纯洁恐怕只是无知罢了。幸而不诚恳，无诚意，虚伪等等已经成了口头禅，一般人只是跟着大家信口说着，至多皱皱眉，冷笑笑，表示无可奈何的样子就过去了。自然也短不了认真的，那却苦了自己，甚至于苦了别人。年轻人容易认真，容易不满意，他们的不满意往往是社会改革的动力。可是他们也得留心，若是在诚伪的分别上认真得过了分，也许会成为虚无主义者。

人与人事与事之间各有分际，言行最难得恰如其分。诚意是少不得的，但是分际不同，无妨斟酌加减点儿。种种礼数或过场就是从这里来的。② 有人说礼是生活的艺术，礼的本意应该如此。日常生活里所谓客气，也是一种礼数或过场。有些人觉得客气太拘形迹，不见真心，不是诚恳的态度。这些人主张

❶举例子

作者在这里用了一个具体的例子来说明“虚伪”这个词一般人用得比较笼统，告诉读者不要笼统地给社会上的人和事下定义。

❷议论

作者通过“礼”说明诚意应适当，“礼”是一种必需的客气，但过于客气容易显得不诚恳，需要把握诚意的分寸。

率性自然。率性自然未尝不可，但是得看人去。若是一见生人就如此这般，就有点野了。即使熟人，毫无节制的率性自然也不成。夫妇算是熟透了的，有时还得“相敬如宾”，别人可想而知。总之，在不同的局势下，率性自然可以表示诚意，客气也可以表示诚意，不过诚意的程度不一样罢了。客气要大方，合身份，不然就是诚意太多；诚意太多，诚意就太贱了。

看人，请客，送礼，也都是些过场。有人说这些只是虚伪的俗套，无聊的玩意儿。但是这些其实也是表示诚意的。总得心里有这个人，才会去看他，请他，送他礼，这就有诚意了。至于看望的次数，时间的长短，请作主客或陪客，送礼的情形，只是诚意多少的分别，不是有无的分别。看人又有回看，请客有回请，送礼有回礼，也只是回答诚意。① 古语说得好，“来而不往非礼也”，无论古今，人情总是一样的。有一个人送年礼，转来转去，自己送出去的礼物，有一件竟又回到自己手里。他觉得虚伪无聊，当作笑谈。笑谈确乎是的，但是诚意还是有的。又一个人路上遇见一个本不大熟的朋友向他说，“我要来看你。”这个人告诉别人说，“他用不着来看我，我也知道他不会来看我，你瞧这句话才没意思哪！”那个朋友的诚意似乎是太多了。凌叔华女士写过一个短篇小说，叫作《外国规矩》，说一位青年留学生陪着一位旧家小姐上公园，尽招呼她这样那样的。她以为让他爱上了，哪里知道他行的只是“外国规矩”！这喜剧由于那位旧家小姐不明白新礼数，新过场，多估量了那位留学生的诚意。可见诚意确是有分量的。

❶引用古语

作者在这里引用古语“来而不往非礼也”，说明了诚意的重要性。古今中外，与人交往总是要带着一些诚意，也要顾一些人情。

② 人为自己活着，也为别人活着。在不伤害自己身份的条件下顾全别人的情感，都得算是诚恳，有诚意。这样宽大的看法也许可以使一些人活得更有兴趣些。西方有句话，“人生是做戏。”做戏也无妨，只要有心往好里做就成。客气等等一定有人觉得是做戏，可是只要为了大家好，这种戏也值得做的。另一方面，诚恳，诚意也未必不是戏。现在人常说，“我很诚恳的告诉你”，“我是很有诚意的”，自己标榜自己的诚恳，

❷表明态度

作者最后表明了自己的态度，提倡诚意待人。

诚意，大有卖瓜的说瓜甜的神气，诚实的君子大概不会如此。不过一般人也已习惯自然，知道这只是为了增加诚意的分量，强调自己的态度，跟买卖人的吆喝到底不是一回事儿。常人到底是常人，得跟着局势斟酌加减他们的诚意，变化他们的态度；这就不免沾上了些戏味。西方还有句话，“诚实是最好的政策”，“诚实”也只是态度；这似乎也是一句戏词儿。

（原载于《星期评论》，1940 年）

精华赏析

作者在这篇文章里引用了很多古语和名言，引用恰当，语言朴实。作者首先提出“诚伪是品性，却又是态度”；而后指出只把诚意当作品性是片面的，说明诚意在人际交往中的重要性；最后总结在爱护自己的前提下，去爱护他人，即使是做戏也是诚意。

延伸思考

1. 诚意代表着什么？

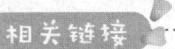

2. 在作者看来，生活中有哪些只是过场，但是这些其实也是表示诚意的？

3. 请找出本文的中心论点。

相关链接

无论是在何时，“诚意”都是非常珍贵的品质和态度。在这篇文章中，作者从不同的角度去论述“诚意”，体现了诚意在人际交往中的重要性。

论做作

名师导读

生活中你有没有遇到过很做作的人呢？面对他们，你又是作何反应的呢？做作的定义是什么呢？在这篇文章中，作者给我们做了非常详细的讲解。

做作就是"佯"，就是"乔"，也就是"装"。苏北方言有"装佯"的话，"乔装"更是人人皆知。旧小说里女扮男装是乔装，那需要许多做作。难在装得像。只看坤角儿扮须生的，像的有几个？何况做戏还只在戏台上装，一到后台就可以照自己的样儿，而女扮男装却得成天儿到处那么看！侦探小说里的侦探也常在乔装，装得像也不易，可是自在得多。不过——难也罢，易也罢，人反正有时候得装。其实你细看，不但"有时候"，人简直就爱点儿装。"三分模样七分装"是说女人，男人也短不了装，不过不大在模样上罢了。装得像难，装得可爱更难；①一番努力往往只落得个"矫揉造作"！所以"装"常常不是一个好名儿。

❶下结论

作者论做作，其实论的是"装"。通过论述作者得出了一个结论："装"常常不是一个好名儿。

"一个做好，一个做歹"，小呢逼你出些码头钱，大呢就得让你去做那些不体面的尴尬事儿。这已成了老套子，随处可以看见。那做好的是装做好，那做歹的也装得格外歹些；一松一紧的拉住你，会弄得你啼笑皆非。这一套儿做作够受的。贫和富也可以装。贫寒人怕人小看他，家里尽管有一顿没一顿的，还得穿起好衣服在街上走，说话也满装着阔气，什么都不在乎似的。——所谓“苏空头”。其实“空头”也不止苏州有。——有钱人却又怕人家打他的主意，开口闭口说穷，他能特地去当点儿什么，拿当票给人家看。这都怪可怜见的。还有一些人，人面前老爱论诗文，谈学问，仿佛天生他一副雅骨头。装斯文其实不能算坏，只是未免“雅得这样俗”罢了。

①有能耐的人，有权位的人有时不免“装模作样”，“装腔作势”。马上可以答应的，却得“考虑考虑”；直接可以答应的，却让你绕上几个大弯儿。论地位也只是“上不在天，下不在田”，而见客就不起身，只点点头儿，答话只喉咙里哼一两声儿。谁教你求他，他就是这么着！——“笑骂由他笑骂，好官儿什么的我自为之！”话说回来，拿身份，摆架子有时也并非全无道理。老爷太太在仆人面前打情骂俏，总不大像样，可不是得装着点儿？可是，得恰到分际，“过犹不及”。总之别忘了自己是谁！别尽拣高枝爬，一失脚会摔下来的。老想着些自己，谁都装着点儿，也就不觉得谁在装。所谓“装模作样”，“装腔作势”，却是特别在装别人的模样，别人的腔和势！为了抬举自己，装别人；装不像别人，又不成其为自己，也怪可怜见的。

❶举例子

作者列举“装模作样”“装腔作势”的人，讽刺有的人“装”得不自然，“装”得迷失了自己。

②“不痴不聋，不作阿姑阿翁”，有些事大概还是装聋作哑的好。倒不是怕担责任，更不是存着什么坏心眼儿。有些事是阿姑阿翁该问的，值得问的，自然得问；有些是无需他们问的，或值不得他们问的，若不痴不聋，事必躬亲，阿姑阿翁会做不成，至少也会不成其为阿姑阿翁。记得那儿说过美国一家大公司经理，面前八个电话，每天忙累不堪，另一家经理，室内没有电话，倒是从容不迫的。这后一位经理该是能够装聋作哑的人。“不闻不问”，有时候该是一句好话；“充耳不闻”，“闭目无睹”，也许可以作“无为而治”的一个注脚。其实无为多半也是装出

❷举例子

作者用阿姑阿翁持家、大公司经理管企业的例子，说明有时候“装”也是一种管理艺术。

来的。至于装作不知，那更是现代政治家外交家的惯技，报纸上随时看得见。——他们却还得勾心斗角的“做姿态”，大概不装不成其为政治家外交家罢?

装欢笑，装悲泣，装嗔，装恨，装惊慌，装镇静，都很难；固然难在像，有时还难在不像而不失自然。“小心陪笑”也许能得当局的青睐，但是旁观者在恶心。可是“强颜为欢”，有心人却领会那欢颜里的一丝苦味。假意虚情的哭泣，像旧小说里妓女向客人那样，尽管一把眼泪一把鼻涕的，也只能引起读者的微笑。——倒是那“忍泪佯低面”，教人老大不忍。佯嗔薄怒是女人的“作态”，作得恰好是爱娇，所以《乔醋》是一折好戏。爱极翻成恨，尽管“恨得人牙痒痒的”，可是还不失为爱到极处。“假意惊慌”似乎是旧小说的常语，事实上那“假意”往往露出马脚。镇静更不易，①秦舞阳心上有气脸就铁青，怎么也装不成，荆轲的事，一半儿败在他的脸上。淝水之战谢安装得够镇静的，可是不觉得意忘形摔折了屐齿。所以一个人喜怒不形于色，真够一辈子半辈子装的。

❶举例论证

作者在这里以两个著名的历史人物为例，一个不善“装”而致事败，另一个善“装”却还是露出了马脚，看起来这两个例子相互矛盾，但实际都说明了一个观点，“装”是有境界高低之分的，“装”得天衣无缝是非常难的。

《乔醋》是戏，其实凡装，凡做作，多少都带点儿戏味——有喜剧，有悲剧。孩子们爱说“假装”这个，“假装”那个，戏味儿最厚。他们认真“假装”，可是悲喜一场，到头儿无所为。成人也都认真的装，戏味儿却淡薄得多；戏是无所为的，至少扮戏中人的可以说是无所为，而人们的做作常常是有所为的。所以戏台上装得像的多，人世间装得像的少。戏台上装得像就有叫好儿的，人世间即使装得像，逗人爱也难。逗人爱的大概是比较的少有所为或只消极的有所为的。前面那些例子，值得我们吟味，而装痴装傻也许是值得重提的一个例子。

作阿姑阿翁得装几分痴，这装是消极的有所为；“金殿装疯”也有所为，就是积极的。历来才人名士和学者，往往带几分傻气。那傻气多少有点儿装，而从一方面看，那装似乎不大有所为，至多也只是消极的有所为。陶渊明的“我醉欲眠卿且去”说是率真，是自然；可是看魏晋人的行径，能说他不带着几分装?

不过装得像，装得自然罢了。阮嗣宗大醉六十日，逃脱了和司马昭做亲家，可不也一半儿醉一半儿装？他正是“喜怒不形于色”的人，而有一向当时人多说他痴，他大概是颇能做作的罢？

装睡装醉都只是装糊涂。睡了自然不说话，醉了也多半不说话——就是说话，也尽可以装疯装傻的，给他个驴头不对马嘴。郑板桥最能懂得装糊涂，他那“难得糊涂”一个警句，真喝破了千古聪明人的秘密。[①] 还有善忘也往往是装傻，装糊涂；省麻烦最好自然是多忘记，而“忘怀”又正是一件雅事儿。至此为止，装傻，装糊涂似乎是能以逗人爱的；才人名士和学者之所以成为才人名士和学者，至少有几分就仗着他们那不大在乎的装劲儿能以逗人爱好。可是这些人也良莠不齐，魏晋名士颇有仗着装糊涂自私自利的。这就“在乎”了，有所为了，这就不再可爱了。在四川话里装糊涂称为“装疯迷窍”，北平话却带笑带骂的说“装蒜”，“装孙子”，可见民众是不大赏识这一套的——他们倒是下的稳着儿。

❶构思巧妙

作者认为善忘其实往往是装傻装糊涂，能够忘怀又是一件雅事儿。作者的整个思路非常巧妙，体现了作者细腻的思考。

（原载于《文学创作》，1943 年）

在这篇文章中，作者首先把“矫揉造作”定义为“装”，然后围绕着“装”展开论述。文中列举了很多例子来讨论“装”的本质，通过描述当下的社会现象，得出结论：“装”并不能让人长久立足。

延伸思考

1. 作者对“做作”给出了怎样的解释？

2. 请在文中找出作者关于“装腔作势”的例子。

3. 你认为在生活中做作是一件好事还是坏事，请说出你的理由。

相关链接

在这篇文章中，我们可以看到作者对“做作”提出了自己的观点，也举出了大量的例子来证明“做作”并不能够帮助我们树立很好的威信。

论青年

名师导读

看看我们的周围，你会发现，在这个快节奏的社会中，许许多多的青年人努力地在打拼着。虽然生活很难，但是他们依然坚持奋斗。作者笔下的青年人又是什么样的呢？

---

① 冯友兰先生在《新事论·赞中华》篇里第一次指出现在一般人对于青年的估价超过老年之上。这扼要的说明了我们的时代。这是青年时代，而这时代该从五四运动开始。从那时起，青年人才抬起了头，发现了自己，不再仅仅的做祖父母的孙子，父母的儿子，社会的小孩子。他们发现了自己，发现了自己的群，发现了自己和自己的群的力量。他们跟传统斗争，跟社会斗争，不断的在争取自己领导权甚至社会领导权，要名副其实的做新中国的主人。但是，像一切时代一切社会一样，中国的领导权掌握在老年人和中年人的手里，特别是中年人的手里。于是乎来了青年的反抗，在学校里反抗师长，在社会上反抗统治者。他们反抗传统和纪律，用怠工，有时也用挺击。中年统治者记得“五四”以前青年的沉静，觉着现在青年爱捣乱，惹麻烦，

❶引用文章 作者开篇引用冯友兰先生文章中的观点，增加了文章的文学性，引发读者对青年人的价值的思考。

第一步打算压制下去。可是不成。于是乎敷衍下去。敷衍到了难以收拾的地步，来了集体训练，开出新局面，可是还得等着瞧呢。

青年反抗传统，反抗社会，自古已然，只是一向他们低头受压，使不出大力气，见得沉静罢了。家庭里父代和子代闹别扭是常见的，正是压制与反抗的征象。政治上也有老少两代的斗争，汉朝的贾谊到戊戌六君子，例子并不少。中年人总是在统治的地位,老年人势力足以影响他们的地位时,就是老年时代,青年人势力足以影响他们的地位时，就是青年时代。老年和青年的势力互为消长，中年人却总是在位，因此无所谓中年时代。老年人在衰朽，是过去，青年人还幼稚，是将来，占有现在的只是中年人。他们一面得安慰老年人，培植青年人，一面也在讥笑前者，烦厌后者。安慰还是顺的，培植却常是逆的，所以更难。培植是凭中年人的学识经验做标准，大致要养成有为有守爱人爱物的中国人。青年却恨这种切近的典型的标准妨碍他们飞跃的理想。①他们不甘心在理想还未疲倦的时候就被压进典型里去，所以总是挣扎着，在憧憬那海阔天空的境界。中年人不能了解青年人为什么总爱旁逸斜出不走正路，说是时代病。其实这倒是成德达材的大路；压迫着，挣扎着，材德的达成就在这两种力的平衡里 。这两种力永恒的一步步平衡着，自古已然，不过现在更其表面化罢了。

❶细节描写

这个细节描写突出了青年人喜欢挑战，能够不断创新的精神，表现出青年人不安于现状的特征。

青年人爱说自己是“天真的”，“纯洁的”。但是看看这时代，老练的青年可真不少。老练却只是工于自谋，到了临大事，决大疑，似乎又见得幼稚了。青年要求进步，要求改革，自然很好，他们有的是奋斗的力量。不过大处着眼难，小处下手易，他们的饱满的精力也许终于只用在自己的物质的改革跟进步上；于是骄奢淫逸，无所不为，有利无义，有我无人。中年里原也不缺少这种人，效率却赶不上青年的大。眼光小还可以有一步路，便是做自了汉，得过且过的活下去；或者更退一步，遇事消极，马马虎虎对付着，一点不认真。中年人这两种也够多的。可是青年时就染上这些习气，未老先衰，不免更教人毛骨悚然。所幸青年人容易回头，“浪子回头金不换”，不像中年人往往将错就错，一直沉到底里去。

读书笔记

青年人容易脱胎换骨改样子，是真可以自负之处；精力足，岁月长，前路宽，也是真可以自负之处。总之可能多。可能多倚仗就大，所以青年人狂。人说青年时候不狂，什么时候才狂？不错。但是这狂气到时候也得收拾一下，不然会忘其所以的。青年人爱讽刺，冷嘲热骂，一学就成，挥之不去；但是这只足以取快一时，久了也会无聊起来的。青年人骂中年人逃避现实，圆通，不奋斗，妥协，自有他们的道理。不过青年人有时候让现实笼罩住，伸不出头，张不开眼，只模糊的看到面前一段儿路，真是“前不见古人，后不见来者”。这又是小处。若是能够偶然到所谓“世界外之世界”里歇一下脚，也许可以将自己放大些。青年也有时候偏执不回，过去一度以为读书就不能救国就是的。[1]那时蔡孑民先生却指出“读书不忘救国，救国不忘读书”。这不是妥协，而是一种权衡轻重的圆通观。懂得这种圆通，就可以将自己放平些。能够放大自己，放平自己，才有真正的“工作与严肃”，这里就需要奋斗了。

❶引用名言

作者引用了蔡孑民先生的话，指出读书和救国之间的关系，读书和救国不是彼此对立和排斥的，两者可以很好地结合起来，达到一种平衡。

蔡孑民先生不愧人师，青年还是需要人师。用不着满口仁义道德，道貌岸然，也用不着一手摊经，一手握剑，只要认真而亲切的服务，就是人师。但是这些人得组织起来，通力合作。讲情理，可是不敷衍，重诱导，可还归到守法上。不靠婆婆妈妈气去乞怜青年人，不靠甜言蜜语去买好青年人，也不靠刀子手枪去示威青年人。只言行一致后先一致的按着应该做的放胆放手做去。不过基础得打在学校里；学校不妨尽量社会化，青年训练却还是得在学校里。学校好像实验室，可以严格地计划着进行一切，可不是温室，除非让它堕落到那地步。训练该注重集体的，集体训练好，个体也会改样子。人说教师只消传授知识就好，学生做人，该自己磨练去。但是得先有集体训练，教青年有胆量帮助人，制裁人，然后才可以让他们自己磨练去。

这种集体训练的大任，得教师担当起来。现行的导师只注重个别指导，琐碎而难实践，不如缓办，让大家集中力量到集体训练上。学校以外倒是先有了集中训练，从集中军训起头，跟着来了各种训练班。前者似乎太单纯了，效果和预期差得多，后者好像还差不多。不过训练班至多只是百尺竿头更进一步，培植根基还得在学校里。①在青年时代，学校的使命更重大了，中年教师的责任也更重大了，他们得任劳任怨地领导一群群青年人走上那成德达材的大路。

①总结全文　在文章的最后，作者指出学校、教师的使命和责任很重大，青年人作为发展的下一代，需要教师的谆谆教导，为青年人成德达材打好基础。

（原载于《中学生》，1944年）

精华赏析

在这篇文章中，作者明确指出青年人的发展是无限大的，总结了青年人反抗传统和勇于创新的精神特质。文章突出青年人是未来的希望，有着爱抗争的天性，与长辈间总有一条代沟，长辈难以理解青年。作者在文章的最后点明了主旨，青年人需要长辈耐心的扶持和帮助。

延伸思考

1. 你是怎样理解文章中蔡孑民先生那句名言的？

2. 请你总结出青年人的三个特质。

3. 谈谈你对这个时代青年人的看法。

相关链接

在这篇文章中，作者总结了一些青年人的特征和优缺点。对于青年人的成长，需要更多有经验的人给予耐心的指导。

论东西

名师导读

我们生活在一个经济快速发展的时代。在这个时代，大多数的人都非常注重物质（东西）。而朱自清却说“中国读书人向来不大在乎东西”。为什么呢？读完这篇文章后我们就知道了。

中国读书人向来不大在乎东西。“家徒四壁”不失为书生本色，做了官得“两袖清风”才算好官；爱积聚东西的只是俗人和贪吏，大家是看不起的。这种不在乎东西可以叫作清德。至于像《世说新语》里记的：

王恭从会稽还，王大看之，见其坐六尺簟，因语恭，“卿东来，故应有此物。可以一领及我。”恭无言。大去后，即举所坐者送之。既无馀席，便坐荐上。后大闻之，甚惊曰，“吾本谓卿多，故求耳。”对曰，“丈人不悉恭，恭作人无长物。”

①“作人无长物”也是不在乎东西，不过这却是达观了。后来人常说“身外之物，何足计较！”一类话，也是这种达观

❶引用古文

作者通过引用古文来表达自己的看法，引用得恰到好处。身无长物，在作者眼里更是一种豁达乐观的心境。

的表现，只是在另一角度下。不为物累，才是自由人，“清”是从道德方面看，“达”是从哲学方面看，清是不浊，达是不俗，是雅。

读书人也有在乎东西的时候，他们有的有收藏癖。收藏的可只是书籍，字画，古玩，邮票之类。这些人爱逛逛书店，逛逛旧货铺，地摊儿，积少也可成多，但是不能成为大收藏家。大收藏家总得沾点官气或商气才成。大收藏家可认真的在乎东西，书生的爱美的收藏家多少带点儿游戏三昧。——他们随时将收藏的东西公诸同好，有时也送给知音的人，并不严封密裹，留着“子孙永宝用”。这些东西都不是实用品，这些爱美的收藏家也还不失为雅癖。日常的实用品，读书人是向来不在乎也不屑在乎的。事实上他们倒也短不了什么，一般的说，吃的穿的总有的。吃的穿的有了，别的短点儿也就没什么了。这些人可老是舍不得添置日用品，因此常跟太太们闹别扭。①而在搬家或上路的时候，太太们老是要多带东西，他们老是要多丢东西，更会大费唇舌——虽然事实上是太太胜利的多。

❶笔调幽默

作者用幽默的语言表现了读书人不善料理生计的特点。

现在读书人可也认真的在乎东西了，而且连实用品都一视同仁了。②这两年东西实在涨得太快，电兔儿都追不上，一般读书人吃的穿的渐渐没把握；他们虽然还在勉力保持清德，但是那种达观却只好暂时搁在一边儿了。于是乎谈烟，谈酒，更开始谈柴米油盐布。这儿是第一回，先生们和太太们谈到一路上去了。酒不喝了，烟越抽越坏，越抽越少，而且在打主意戒了——将来收藏起烟斗烟嘴儿当古玩看。柴米油盐布老在想法子多收藏点儿，少消费点儿。什么都爱惜着，真做到了“一粥一饭当思来处不易”。这些人不但不再是痴聋的阿家翁，而且简直变成克家的令子了。那爱美的雅癖，不用说也得暂时的搁在一边儿。这些人除了职业的努力以外，就只在柴米油盐布里兜圈子，好像可怜见儿的。其实倒也不然。他们有那一把清骨头，够自己骄傲的。再说柴米油盐布里也未尝没趣味，特别是在现在这时候。例如今天忽然知道了油盐有公卖处，便宜那

❷妙用夸张

作者运用夸张的修辞手法，生动形象地写出了这两年物价飞涨，文人们不得不在乎东西，表现了时局动荡使人们生计艰难。

么多；今天知道了王老板家的花生油比张老板的每斤少五毛钱；今天知道柴涨了，幸而昨天买了三百斤收藏着。这些消息都可以教人带着胜利的微笑回家。这是挣扎，可也是消遣不是？能够在柴米油盐布里找着消遣的是有福的。在另一角度下，这也是达观或雅癖哪。

读书人大概不乐意也没本事改行，他们很少会摇身一变成为囤积居奇的买卖人的。①他们现在虽然也爱惜东西，可是更爱惜自己；他们爱惜东西，其实也只能爱惜自己的。他们不用说爱惜自己需要的柴米油盐布，还有就只是自己箱儿笼儿里一些旧东西，书籍呀，衣服呀，什么的。这些东西跟着他们在自己的中国里流传了好多地方，几个年头，可是他们本人一向也许并不怎样在意这些旧东西，更不会跟它们亲热过一下子。可是东西越来越贵了，而且有的越来越少了，他们这才打开自己的箱笼细看，嘿！多么可爱呀，还存着这么多东西哪！于是乎一样样拿起来端详，越端详越有意思，越有劲儿，像多年不见的老朋友似的，不知道怎样亲热才好。有了这些，得闲儿就去摩挲一番，尽抵得上逛旧货铺，地摊儿，也尽抵得上喝一回好酒，抽几支好烟的。再说自己看自己原也跟别人看自己一般，压根儿是穷光蛋一个；这一来且不管别人如何，自己确是觉得富有了。瞧，寄售所，拍卖行，有的是，暴发户的买主有的是，今天拿去卖点儿，明天拿去卖点儿，总该可以贴补点儿吃的穿的。等卖光了，抗战胜利的日子也就到了，②那时候这些读书人该是老脾气了，那时候他们会这样想，“一些身外之物算什么哪，又都是破烂儿！咱们还是等着逛书店，旧货铺，地摊儿罢。”

（原载于《抗战文艺》，1942 年）

❶强调

作者再次强调读书人即使为生计奔波，也绝不会为物质利益而改变自己高尚的节操。

❷心理描写

作者在文章的最后运用心理描写，突出读书人对书的喜爱及对其他东西的不屑一顾。这其实是作者的假想，与上文形成鲜明对比，表现了作者对时局的不满和在艰苦中坚守节操的信念。

精华赏析

作者在这篇文章中对东西（物质利益）展开了细致的论述。文章开篇作者提到读书人是不在乎东西的，而后对比了市井人家对东西的看法，突出读书人更在乎的是精神食粮，却又不得不为生活奔波，也表现了文人们面对艰难时局的辛酸和无奈。

延伸思考

1. 读书人真的不在乎东西吗？

2. 作者在文章首段引用的内容主要起什么作用？

3. 读书人是比较爱惜柴米油盐还是自己的旧书？

相关链接

作者在这篇文章中主要谈论了读书人对东西的看法，说明读书人其实不是那么重视身外之物，他们看中的往往是能够陶冶情操的书。

论且顾眼前

名师导读

“且顾眼前”这四个字听起来好像有些目光短浅的意思，其实“且”字使这个词语更侧重表示有外在形势的逼迫，迫不得已。朱自清处在一个比较混乱的年代里，他又是怎样理解这几个字的含义的呢？

---

①俗语说，“火烧眉毛，且顾眼前。”这句话大概有了年代，我们可以说是人们向来如此 。这一回抗战，火烧到了每人的眉毛，“且顾眼前”竟成了一般的守则，一时的风气，却是向来少有的。但是抗战时期大家还有个共同的“胜利”的远景，起初虽然朦胧，后来却越来越清楚。这告诉我们，大家且顾眼前也不妨，不久就会来个长久之计的。但是惨胜了，战祸起在自已家里，动乱比抗战时期更甚，并且好像没个完似的。没有了共同的远景；有些人简直没有远景，有些人有远景，却只是片段的，全景是在一片朦胧之中。可是火烧得更大了，更快了，能够且顾眼前就是好的，顾得一天是一天，谁还想到什么长久之计！可是这种局面能以长久的拖下去吗？我们是该警觉的。

❶引用俗语　作者在文章开篇引用俗语来点明文章的中心，引出文章的论点。

且顾眼前，情形差别很大。第一类是只顾享乐的人，所谓

读书笔记

“今朝有酒今朝醉”。这种人在抗战中大概是些发国难财的人，在胜利后大概是些发接收财或胜利财的人。他们巧取豪夺得到财富，得来的快，花去的也就快。这些人虽然原来未必都是贫儿，暴富却是事实。时势老在动荡，物价老在上涨，傥来的财富若是不去运用或花消，转眼就会两手空空儿的！所谓运用，大概又趋向投机一路；这条路是动荡的，担风险的。在动荡中要把握现在，自己不吃亏，就只有享乐了。享乐无非是吃喝嫖赌，加上穿好衣服，住好房子。传统的享乐方式不够阔的，加上些买办文化，洋味儿越多越好，反正有的是钱。这中间自然有不少人享乐一番之后，依旧还我贫儿面目，再吃苦头。但是也有少数豪门，凭借特殊的权位，浑水里摸鱼，越来越富，越花越有。财富集中在他们手里，享乐也集中在他们手里。于是富的富到三十三天之上，贫的贫到十八层地狱之下。现在的穷富悬殊是史无前例的；现在的享用娱乐也是史无前例的。①但是大多数在饥饿线上挣扎的人能以眼睁睁白供养着这班骄奢淫逸的人尽情的自在的享乐吗？有朝一日——唉，让他们且顾眼前罢！

第二类是苟安旦夕的人。这些人未尝不想工作，未尝不想做些事业，可是物质环境如此艰难，社会又如此不安定，谁都贪图近便，贪图速成，他们也就见风使舵，凡事一混了之。“混事”本是一句老话，也可以说是固有文化；不过向来多半带着自谦的意味，并不以为“混”是好事，可以了此一生。但是目下这个“混”似乎成为原则了。困难太多，办不了，办不通，只好马马虎虎，能推就推，不能推就拖，不能拖就来个偷工减料，只要门面敷衍得过就成，管它好坏，管它久长不久长，不好不要紧，只要自己不吃亏！从前似乎只有年纪老资格老的人这么混。现在却连许多青年人也一道同风起来。这种不择手段，只顾眼前，已成风气。谁也说不准明天的事儿，只要今天过去就得了，何必认真！认真又有什么用！只有一些书呆子和准书呆子还在他们自己的岗位上死气白赖的规规矩矩的工作。但是战讯接着战讯，越来越艰难，越来越不安定，混的人越来越多，

❶巧用问句

作者在这里运用了一个疑问句，语气比较强烈，能够引发人的思考。“有朝一日——”，作者的话语似乎戛然而止，实则暗示其不妙的前景。

靠这一些书呆子和准书呆子能够撑得住吗？大家老是这么混着混着，有朝一日垮台完事。蝼蚁尚且贪生，且顾眼前，苟且偷生，这心情是可以了解的；然而能有多长久呢？只顾眼前的人是不想到这个的。

第三类是穷困无告的人。这些人在饥饿线上挣扎着，他们只能顾到眼前的衣食住，再不能够顾到别的；他们甚至连眼前的衣食住都顾不周全，那有工夫想别的呢？这类人原是历来就有的，正和前两类人也是历来就有的一样，但是数量加速的增大，却是可忧的也可怕的。这类人跟第一类人恰好是两极端，第一类人增大的是财富的数量，这一类人增大的是人员的数量——第二类人也是如此。这种分别增大的数量也许终于会使历史变质的罢？历史上主持国家社会长久之计或百年大计的原只是少数人；可是在比较安定的时代，大部分人都还能够有个打算，为了自己的家或自己。有两句古语说，“一年之计在于春，一日之计在于晨”，这大概是给农民说的。无论是怎样的穷打算，苦打算，能有个打算，总比不能有打算心里舒服些。现在确是到了人人没法打算的时候；①“一日之计”还可以有，但是显然和从前的“一日之计”不同了，因为“今日不知明日事”，这“一日”恐怕真得限于一日了。在这种局面下“百年大计”自然更谈不上。不过那些豪门还是能够有他们的打算的，他们不但能够打算自己一辈子，并且可以打算到子孙。因为即使大变来了，他们还可以溜到海外做寓公去。这班人自然是满意现状的。第二类人虽然不满现状，却也害怕破坏和改变，因为他们觉着那时候更无把握。第三类人不用说是不满现状的。然而除了一部分流浪型外，大概都信天任命，愿意付出大的代价取得那即使只有丝毫的安定；他们也害怕破坏和改变。因此“且顾眼前”就成了风气，有的豪夺着，有的鬼混着，有的空等着。然而还有一类顾眼前而又不顾眼前的人。

我们向来有“及时行乐”一句话，但是陶渊明《杂诗》说，“及时当勉励，岁月不待人”，同是教人“及时”，态度却大不一样。“及

读书笔记

①剖析

作者用“恐怕真得限于一日”剖析了苟安旦夕之人和穷困无告之人不愿改变，只穷等，注定陷入空等。

时”也就是把握现在；“行乐”要把握现在，努力也得把握现在。陶渊明指的是个人的努力，目下急需的是大家的努力。在没有什么大变的时代，所谓“百世可知”，领导者努力的可以说是“百年大计”；但是在这个动乱的时代，“百年”是太模糊太空洞了，为了大家，至多也只能几年几年的计划着，才能够踏实的努力前去。这也是“及时”，把握现在，说是另一意义的“且顾眼前”也未尝不可；[1]“且顾眼前”本是救急，目下需要的正是救急，不过不是各人自顾自的救急，更不是从救急转到行乐上罢了。不过目下的中国，连几年计划也谈不上。于是有些人，特别是青年代，就先从一般的把握现在下手。这就是努力认识现在，暴露现在，批评现在，抗议现在。他们在试验，难免有错误的地方。而在前三类人看来，他们的努力却难免向着那可怕的可忧的破坏与改变的路上去，那是不顾眼前的！但是，这只是站在自顾自的立场上说话，若是顾到大家，这些人倒是真正能够顾到眼前的人。

①总结观点

作者在这里对前面的分析进行了总结，表明了且顾眼前并不是自顾自，而是顾大家，不要限于当下救急，还要想到共同的远景。

1948年1月17日

作者在这篇文章中分析了“且顾眼前”的含义，具体剖析了三类人：第一类是只顾享乐的人，第二类是苟安旦夕的人，第三类则是穷困无告的人。从而得出结论，其实这些人若是顾到大家，倒是真正能够做到顾及眼前。

延伸思考

1. 作者在文章中分析了哪三类人?

2. 从作者的分析中我们能得出什么样的道理?

3. 请根据你的理解,解释一下"且顾眼前"的含义。

相关链接

作者在写这篇文章的时候,思路是非常清晰的,先用一句俗语"火烧眉毛,且顾眼前"来引起大家的关注,然后一步步地去论述不同的情景差别,最后总结论点。整篇文章结构非常清晰,论述中心非常明确。

论意义

名师导读

朱自清为什么要议论“意义”，他是如何解释“意义”的呢？让我们去这篇文章中探索吧！

从前朱子和人论诗，说诗有两重意思，他说一般人只看得字面的意思，却忽略了字里行间的意思，因此就不能了解诗。朱子所谓意思，我们在这儿称为意义：而这儿的意义，只指语言文字的意义而言。朱子说的两重意义，其实不独诗如此，一般文字语言都有这种情形。①就拿日常的应酬话来看：比方你进小馆儿吃饭，看见座上有一个认识的人，你向他点一个头说：“来吃饭？”他也回点一个头，回答一声“唉，唉”。于是彼此各自吃饭了事，他明明是来吃饭，还要问岂不是废话？可是这种废话得说，假使要表示好感的话。对于一个认识的人，有时候只要点点头就成，有时候还得说一两句废话。这种废话并无意思，只不过表示相当的好感就是了。例如“来吃饭？”这句问话，并不是为的要知道那人是不是来吃饭，而只是理他一下。平常见人说“天气好”，也并不是真的关心天气，也只是理他

❶举例子

作者在给我们讲述“意义”的时候，直接举了一个日常的应酬对话的例子，能让读者更具体地理解语言文字所代表的具体意义。

一下。再说，有一回有人在报上批评别人的文章“不通”，因此引起一场笔墨官司。这个人后来说，说“还得斟酌”“不大妥当”，其实和“不通”还不是一样！其实不一样！说话人的用意也许一样，听话的人反应却不一样。“还得斟酌”最客气，“不大妥当”次之，“不通”最不客气。这三句话表现的情感不一样。假使那些批评者最初用的是“还得斟酌”一类话，那场笔墨官司也许就不会起来了。有人提出过“骂人的艺术”的名字，骂人真也有艺术的。

[1] 英国有一位吕恰慈教授分析意义；他说意义可以包括四个项目：一是文义 。例如“来吃饭？”二是情感。例如说“来吃饭？”这句话，自己感到不是求知而是应景。三是口气。例如在熟朋友面前批评一个生人，有时也许可以说“不通”，但在生人面前，就该斟酌的说“还得斟酌”了。四是用意。例如说“天气好”，用意只在招呼人，说“不通”用意真在不客气的骂人。意义只限文义的话如“二加二等于四”之类，是叙说语；加上别的项目便是暗示语。暗示语将语言文字当作符号，表示情感。如主人给你倒杯茶，你说“磕头磕头”，这只是表示谢意。又如“要命！”表示着急或讨厌，“杀了我也不信！”表示不信。这些话都不能咬文嚼字的死看，只当作情感的符号才能领会意义所在。更明显的如“万死不辞”，表示忠诚负责；这“万”字是强调的符号，死看便讲不通了。叙说语和暗示语的意义都得看上下文跟背景而定。如“吃过饭没有？”是一句普通应酬话，表示好感的。但是假使你在吃饭的时候到一个熟朋友家去，他问你“吃过饭没有？”那就是真的问话，那就是叙说语不是暗示语了。暗示语的意义，尤其得靠着上下文和背景，才能了然。例如“不知天高地厚”这句话本是说人家不懂事，表示不满意。有人直译成英文，外国人只看字面，只凭文义，简直莫名其妙。他们说，我们谁也不知道天多高地多厚啊，怎么能够拿这件事情责备人呢？这就是不明白原语的背景的原故，如“这野杂种的景致简直是画！”“沈石田这狗养的，强盗一样大胆的手笔！”

❶举例论证

在这里，作者并没有过多地去叙述，而是利用英国吕恰慈教授的分析，表明了文章的真实性。同时，也从四个方面进行了具体的分析，让读者对“意义”有一个更清晰的认识。

读书笔记

前一句称赞风景的美，后一句称赞沈石田的画笔。上文说“朋友口中糅合了雅兴与俗趣，带点儿惊讶嚷道”，若没有这点交代，这两句话就未免突兀了。

❶联系生活

在平常的语言文学里，叙述语言用得少，而一些暗示语用得比较多。作者在这里联系生活实际，来帮助读者理解。

[①] 平常的语言文学里叙说语少而暗示语多，人生到底用情感时多，纯粹用理智时少。普通的暗示语如上文所举的大部分，因为常在口头笔下，意义差不多已经人人皆知，但是比较复杂而非习见习闻的就得小心在意才会豁然贯通。有些马虎的人往往只看字面，那会驴头不对马嘴的。

《韩非子》里说宋人读书，看见“绅之束之”一句话，便在身上系了两条带子。人家问他为什么左一条带子右一条带子的。他回答“书上这么说来着。”他没有看出书上那句话是个比喻，是告诉人怎样做人的，不是告诉人怎样穿衣服的。这也许是个极端的例子，但是古今这一类例子也不在少处。不过意义复杂的语言文字也只是复杂些罢了，分析起来也不外上文所说的四个项目，其中并没有什么神秘的玩意儿。粗心大意固然不可，目瞪口呆也不必尔尔。仔细去分析，总可以明白的。复杂的意义大概寄托在语句格式或者比喻或者抽象语意。一般人只注意比喻；其实别的两项也够麻烦的，而抽象语更其如此。一般人注意比喻，是因为诗离不了比喻，而诗向来是难懂的。但是就是诗，难懂处也并不全在比喻，语句格式足以迷惑人，决不在比喻之下。抽象语一向以为是属于理智的，可是现在有些人以为也是属于情感的；他们以为玄学也和笑、抒情诗、音乐一般，我们现在分别从辞令、诗、玄学三方面看，看复杂的意义是怎样用这三项工具构成的。

读书笔记

辞令里有所谓外交的否定语。如“不会妨碍这组织的成立”，“不会讨厌它”，“不至于不能接受这个”，“不是不足以鼓励人的”。这些话的用意是不积极答应什么，不落什么话柄在人手里，最显明的是“不知道”，政治家外交家几乎当作口头禅，因为那是最令人无可奈何的一句话。此外如《富兰克林自传》

说的：

惟措辞谦逊，习惯尚存；有所争辩，不用“确然”“无疑”或其他稍涉独断之辞，宁谓“予思其如是如是”“觉其如是如是”或“以是因缘，予见其如是”“予料其如是”“使予非谬，此殆如是”而已，予信此习惯于予之诲人及时时劝人从己所唱之法皆所利甚多。谈论之要在于教人，求教，悦人，劝人，愿明达之士慎勿以独断自是之风招怨树敌，转减却劝人为善之效，使天赋吾人以为授受知识乐利之资者失其功用也。

吴尔夫说“或者”“我想”等可以限制人类无知的仓卒的假定，更可以助人含浑说出一些意见，有些事不便说尽，还是暗示的好。此外如“假使”“但是”也可作语言的保障：如“假如——这是很大的一个假如——美国与中国真正取同一阵线的话”，“我是一个共产党，但是”“单四嫂子是一个粗笨女人，不明白这‘但’字的可怕；[1]许多坏事固然幸亏有了他才变好，许多好事却也因为有了他都弄糟”，“不幸的，木偶的一生，老是一个‘但是’在作怪”，又如“不可形容”一语有种种之变化。

❶蕴含哲理 这句话蕴含了一定的哲理，说明一切事物都有两面性。

“意义”一词听起来很抽象，于是作者在论述的时候列举了大量的例子来帮助读者理解。作者从不同的人的角度来分析意义所指为何，说明文字是富有意义的，然而不止是文字，语音、语调也能突显意义。

延伸思考

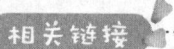

1. 请列举出作者引用的两本书籍。

2. 根据吕恰慈教授的理解，我们可以从哪几个方面来分析意义？

3. 语言仅能用来传达文字和知识吗？

相关链接

作者在这篇文章中多角度论述了意义到底是什么，还列举了生活中的大量例子来帮助我们理解。整篇文章结构比较清晰，用大量的事例来支撑，体现了文章的真实性，增强了文章的说服力。

论青年读书风气

名师导读

阅读对青年人来说非常重要。我们在阅读的时候，会做些什么事情呢？良好的读书风气应该是怎么样的呢？

《大公报》图书副刊的编者在“卷头语”里慨叹近二十几年来中国书籍出版之少。这是不错的。但他只就量说，没说到质上去。一般人所感到的怕倒是近些年来书籍出版之滥；有鉴别力的自然知所去取，苦的是寻常的大学生中学生，他们往往是并蓄兼收的。文史方面的书似乎更滥些；[①]一个人只要能读一点古文，能读一点外国文（英文或日文），能写一点白话文，几乎就有资格写这一类书，而且很快的写成。这样写成的书当然不能太长，太详尽，所以左一本右一本总是这些“概论”“大纲”“小史”，看起来倒也热热闹闹的。

❶细节描写 从这个细节可以看出，当时青年人的读书风气并不好，书籍质量不佳。

供给由于需要；这个需要大约起于五四运动之后。那时青年开始发现自我，急求扩而充之，野心不小。他们求知识像狂病；无论介绍西洋文学哲学的历史及理论，或者整理国故，都是新文化，都不迟疑地一口吞下去。他们起初拚命读杂志，后来觉得杂志太零碎，要求系统的东西；“概论”等等便渐渐地应运而生。杨荫深先生《编辑〈中国文学大纲〉的意义》（见《先秦文学大纲》）里说得最明白：

读书笔记

在这样浩繁的文学书籍之中，试问我们是不是全部都去研究它，如果我们是个欢喜研究中国文学的话。那自然是不可能的，从时间上，与经济上，我们都不可能的。然而在另一方面说来，我们终究非把它全部研究一下不可，因为非如此，不足以满我们的欲望。于是其中便有聪明人出来了，他们用了简要的方法，把全部的中国文学做了一个简要的叙述，这通常便是所谓“文学史”。（杨先生说这种文学史往往是“点鬼簿”，他自己的书要“把中国文学稍详细的叙述，而成有一个系统与一个次序”。）

青年系统的趣味与有限的经济时间使他们只愿意只能够读这类“架子书”。说是架子书，因为这种书至多只是搭着的一副空架子，而且十有九是歪曲的架子。青年有了这副架子，除知识欲满足以外，还可以靠在这架子上作文，演说，教书。这便成了求学谋生的一条捷径。有人说从前读书人只知道一本一本念古书，常苦于没有系统；现在的青年系统却又太多，所有的精力都花在系统上，系统以外便没有别的。①但这些架子是不能支持长久的；没有东西填进去，晃晃荡荡的，总有一天会倒下来。

①点明实质　“架子书”是指看似内容全面，实则浅尝辄止，什么都说不透的书。鲁迅告诫读者，囫囵吞枣地读书，不吸收，是不行的。

从前人著述，非常谨慎。有许多大学者终生不敢著书，只写点札记就算了。印书不易，版权也不能卖钱。自然是一部分的原因；但他们学问的良心关系最大。他们穷年累月孜孜兀兀地干下去，知道的越多，胆子便越小，决不愿拾人牙慧，决不愿蹈空立说。他们也许有矫枉过正的地方，但这种认真的精神值得我们学习。现在我们印书方便了，版权也能卖钱了，出书不能像旧时代那样谨严，怕倒是势所必至；但像近些年来这样滥，总不是正当的发展。[①] 早先坊间也有“大全”“指南”一类书，印行全为赚钱；但通常不将这些书看作正经玩意儿，所以流弊还少，现在的“概论”“大纲”“小史”等等，却被青年当作学问的宝库，以为有了这些就可以上下古今，毫无窒碍。这个流弊就大了，他们将永不知道学问为何物。曾听见某先生说，一个学生学了“哲学概论”，一定学不好哲学。他指的还是大学里一年的课程；至于坊间的薄薄的哲学概论书，自然更不在话下。平心而论，就一般人看，学一个概论的课程，未尝无益；就是读一本像样的概论书，也有些好处。但现在坊间却未必有这种像样的东西。

说“概论”“大纲”“小史”，取其便于标举；有些虽用这类名字却不是这类书，也有些确不用这类名字而却是这类书——如某某研究，某某小丛书之类。这种书大概篇幅少，取其价廉，容易看毕；可是系统全，各方面都说到一点儿，看完了仿佛什么都知道。编这种书只消抄录与排比两种工夫，所以略有文字训练的人都能动手。抄录与排比也有几等几样，这里所要的是最简便最快当的办法。譬如编全唐诗研究罢，不必去看全唐诗，更不必看全唐文，唐代其他著述，以及唐以前的诗，只要找几本中国文学史，加上几种有评注的选本，抄抄编编，改头换面，好歹成一个系统(其实只是条理)就行了。若要表现时代精神，还可以随便检几句流行的评论插进去。这种转了好几道手的玩意，好像搀了好几道水的酒，淡而无味，自不用说；最坏的是让读者既得不着实在的东西，又失去了接近原著的机会，还养成求近功抄小路的脾气。再加上编者照例的匆忙，事实，年代，书名，篇名，句读，字，免不了这儿颠倒那儿错，那是更误人了。其实“概论”“大纲”“小史”也可以做得好。[②] 一是自己有心得，有主张，在大著作之前或之后，写出来的

❶指出问题

作者指出“现在”出版的图书重在迎合青年读者，以求赚钱，而图书质量不佳使青年读者不知学问为何物。下文对此做了详细的说明。

❷表明观点

作者从两个方面列举“概论”“大纲”“小史”做得好的原因，认为写书人出版的书应该让青年读者从中获益。

小书；二是融会贯通，博观约取的著作；虽无创见，却能要言不繁，节省一般读者的精力。这两种可都得让学有专长的人做去，而且并非仓卒可成。

1934 年 1 月 29 日

精华赏析

作者对青年读书风气提出了自己的看法：一方面是书的质量不佳；另一方面由于青年人急于扩充自己的知识，并没有选择性地读书，从而导致了读书风气不好。

延伸思考

1. 作者认为当时文史方面的书比较泛滥的原因是什么？

2. 大多数青年会更愿意读哪一类书？

3. 作者认为“概论”“大纲”“小史”做得好的原因是什么？

相关链接

喜欢读书，这是一件很好的事情，然而我们在选书的时候要注重质量。在这篇文章中，作者论述了青年读书风气，以及导致读书风气不佳的原因。

论说话的多少

名师导读

有时我们没有太注意自己说话的场合和说话的方式，其实说话是一门很伟大的艺术，我们在说话的时候要注意什么呢？跟着作者去文中看看吧！

圣经贤传都教我们少说话，怕的是惹祸，你记得金人铭开头就是[1]“古之慎言人也。戒之哉！戒之哉！无多言！多言多败”。岂不森森然有点可怕的样子。再说，多言即使不惹祸，也不过颠倒是非，决非好事。所以孔子称“仁者，其言也讱”，又说“恶夫佞者”。苏秦张仪之流以及后世小说里所谓“掉三寸不烂之舌”的辩士，在正统派看来，也许比佞者更下一等。所以“沉默寡言”“寡言笑”，简直就成了我们的美德。

❶引用名言　作者在文章开篇引用名言，能够引起读者的思考，同时点明文章的中心论点。

圣贤的话自然有道理，但也不可一概而论。假如你身居高位，一个字一句话都可影响大局，那自然以少说话，多点头为是。可是反过来，你如去见身居高位的人，那可就没有准儿。前几年南京有一位著名会说话的和一位著名不说话的都做了不小的官。许多人踌躇起来，还是说话好呢？还是不说话好呢？

这是要看情形的：有些人喜欢说话的人，有些人不。有些事必得会说话的人去干，譬如宣传员；有些事必得少说话的人去干，譬如机要秘书。

至于我们这些平人，在访问，见客，聚会的时候，若只是死心眼儿，一个劲儿少说话，虽合于圣贤之道，却未见得就顺非圣贤人的眼。要是熟人，处得久了，彼此心照，倒也可以原谅的；要是生人或半生半熟的人，那就有种种看法。[①]他也许觉得你神秘，仿佛天上眨眼的星星；也许觉得你老实，所谓"仁者，其言也讱"；也许觉得你懒，不愿意卖力气；也许觉得你利害，专等着别人的话（我们家乡称这种人为"等口"）；也许觉得你冷淡，不容易亲近；也许觉得你骄傲，看不起他，甚至讨厌他。这自然也看你和他的关系，以及你的相貌神气而定，不全在少说话；不过少说话是个大原因。这么着，他对你当然敬而远之，或不敬而远之。若是你真如他所想，那倒是"求仁得仁"；若是不然，就未免有点冤哉枉也。民国十六年的时候，北平有人到汉口去回来，一个同事问他汉口怎么样。他说，"很好哇，没有什么。"话是完了，那位同事只好点点头走开。他满想知道一点汉口的实在情形，但是什么也没有得着；失望之馀，很觉得人家是瞧不起他哪。但是女人少说话，却当别论；因为一般女人总比男人害臊，一害臊自然说不出什么了。再说，传统的压迫也太利害；你想男人好说话，还不算好男人，女人好说话还了得！（王熙凤算是会说话的，可是在《红楼梦》里，她并不算是个好女人）可是——现在若有会说话的女人，特别是压倒男人的会说话的女人，恭维的人就一定多；因为西方动的文明已经取东方静的文明而代之，"沉默寡言"虽有时还用得着，但是究竟不如"议论风生"的难能可贵了。

❶运用修辞

作者运用了比喻的修辞手法，把说话少的人比作天上眨眼的星星，凸显出话少者会带给人神秘感。运用排比的修辞手法，使得文章结构紧凑，读起来朗朗上口。

说起"议论风生"，在传统里原来也是褒辞。不过只是美才，而不是美德；若是以德论，这个怕也不足重轻罢。现在人也还是看作美才，只不过看得重些罢了。

"议论风生"并不只是口才好；得有材料，有见识，有机智才成——口才不过机智，那是不够的。这个并不容易办到；我们平人所能做的只是在普通情形之下，多说几句话，不要太冷落场面就是。——许多人喝下酒时生气时爱说话，但那是往往多谬误的。[1] 说话也有两路，一是游击式，一是包围式。有一回去看新从欧洲归国的两位先生，他们都说了许多话。甲先生从客人的话里选择题目，每个题目说不上几句话就牵引到别的上去。当时觉得也还有趣，过后却什么也想不出。乙先生也从客人的话里选题目，可是他却粘在一个题目上，只叙说在欧洲的情形。他并不用什么机智，可是说得很切实，让客人觉着有所得而去。他的殷勤，客人在口头在心上，都表示着谢意。

❶举例子

作者认为说话有两种方式，并以“甲”“乙”两位先生的说话方式为例子，进一步说明这两种方式。

普通说话大概都用游击式；包围式组织最难，多人不能够，也不愿意去尝试。再说游击式可发可收，爱听就多说些，不爱听就少说些；我们这些人许犯贫嘴到底还不至于的。要说像“哑妻”那样，不过是法朗士的牢骚，事实上大致不会有。倒是有像老太太的，一句话重三倒四地说，也不管人家耳朵里长茧不长。这一层最难，你得记住那些话在那些人面前说过，才不至于说重了。有时候最难为情的是，你刚开头儿，人家就客客气气地问，“啊，后来是不是怎样怎样的？”包围式可麻烦得多。最麻烦的是人多的时候，说得半半拉拉的，大家或者交头接耳说他们自己的私话，或者打盹儿，或者东看看西看看，轻轻敲着指头想别的，或者勉强打起精神对付着你。这时候你一个人霸占着全场，说下去太无聊，不说呢，又收不住，真是骑虎之势。大概这种说话，人越多，时候越不宜长；各人的趣味不同，决不能老听你的——换题目另说倒成。说得也不宜太慢，太慢了怎么也显得长。[2] 曾经听过两位著名会说话的人说故事，大约因为唤起注意的缘故罢，加了好些个助词，慢慢的叙过去，足有十多分钟，算是完了；大家虽不至疲倦，却已暗中着急。声音也不宜太平，太平了就单调；但又丝毫不能做作。这种说话只宜叙说或申说，不能掺一些教导气或劝导气。长于演说的人往往免不了这两种气味。有个朋友说某先生口才太好，教人

❷细节描写

作者细致地描写会说话的人的说话特点，说明说话是一门艺术。

读书笔记

有戒心，就是这个意思。所以包围式说话要靠天才，我们平人只能学学游击式，至多规模较大而已。——我们在普通情形之下，只不要像林之孝家两口子“一锥子扎不出话来”，也就行了。

（原载于天津《大公报·文艺副刊》1934 年 8 月 8 日）

精华赏析

在这篇文章中，作者仔细地论述了说话的艺术，具体介绍了在不同场合应该如何去说话。

延伸思考

1. 作者引用名言的用意是什么？

2. 说话有几种方式？

3. 本文告诉了读者什么道理？

相关链接

作者从不同的角度论述了如何说话。说话有两种方式，一种是游击式，另一种是包围式。在我们的日常生活中，游击式用得比较多。另外，作者还告诉我们要注意说话的场合和方式。

买书

名师导读

买书的时候我们会考虑什么呢？是书的封面够不够吸引人，还是书的内容是否有趣？作者买书的时候经历了怎样的趣事呢？我们一起去看看吧！

买书也是我的嗜好，和抽烟一样。但这两件事我其实都不在行，尤其是买书。在北平这地方，像我那样买，像我买的那些书，说出来真寒尘死人；①不过本文所要说的既非诀窍，也算不得经验，只是些小小的故事，想来也无妨的。

❶表达观点 作者在文章的开头介绍了写作意图，表明只是想跟读者分享一些小故事。

在家乡中学时候，家里每月给零用一元。大部分都报效了一家广益书局，取回些杂志及新书。那老板姓张，有点儿抽肩膀，老是捧着水烟袋；可是人好，我们不觉得他有市侩气。他肯给我们这班孩子记账。每到节下，我总欠他一元多钱。他催得并不怎么紧；向家里商量商量，先还个一元也就成了。那时候最爱读的一本《佛学易解》（贾丰臻著，中华书局印行）就是从张手里买的。那时候不买旧书，因为家里有。只有一回，不知那儿检来《文心雕龙》的名字，急着想看，便去旧书铺访求：

有一家拿出一部广州套版的，要一元钱，买不起；后来另买到一部，书品也还好，纸墨差些，却只花了小洋三角。这部书还在，两三年前给换上了磁青纸的皮儿，却显得配不上。

读书笔记

到北平来上学入了哲学系，还是喜欢找佛学书看。那时候佛经流通处在西城卧佛寺街鹫峰寺。在街口下了车，一直走，快到城根儿了，才看见那个寺。那是个阴沉沉的秋天下午，街上只有我一个人。到寺里买了《因明入正理论疏》、《百法明门论疏》、《翻译名义集》等。这股傻劲儿回味起来颇有意思；正像那回从天坛出来，挨着城根，独自个儿，探险似地穿过许多没人走的碱地去访陶然亭一样。在毕业的那年，到琉璃厂华洋书庄去，看见新版韦伯斯特大字典，定价才十四元。可是十四元并不容易找。想来想去，只好硬了心肠将结婚时候父亲给做的一件紫毛（猫皮）水獭领大氅亲手拿着，走到后门一家当铺里去，说当十四元钱。柜上人似乎没有什么留难就答应了。这件大氅是布面子，土式样，领子小而毛杂——原是用了两副"马蹄袖"拼凑起来的。父亲给做这件衣服，可很费了点张罗。拿去当的时候，也踌躇了一下，却终于舍不得那本字典。想着将来准赎出来就是了。想不到竟不能赎出来，这是直到现在翻那本字典时常引为遗憾的。

重来北平之后，有一年忽然想搜集一些杜诗。一家小书铺叫文雅堂的给找了不少，都不算贵；那伙计是个麻子，一脸笑，是铺子里少掌柜的。铺子靠他父亲支持，并没有什么好书；去年他父亲死了，他本人不大内行，让伙计吃了，现在长远不来了，他不知怎么样。[①] 说起杜诗，有一回，一家书铺送来高丽本《杜律分韵》，两本书，索价三百元。书极不相干而索价如此之高，荒谬之至，况且书面上原购者明明写着"以银二两得之"。第二天另一家送来一样的书，只要二元钱，我立刻买下。北平的书价，离奇有如此者。

①细节描写 作者对北平的书价进行了非常细致的描写，凸显了当时一些书铺所卖书籍价格离奇。

旧历正月里厂甸的书摊值得看；有些人天天巡礼去。我住的远，每年只去一个下午——上午摊儿少。土地祠内外人山人海摩肩接踵地来往。也买过些零碎东西；其中有一本是《伦敦竹枝词》，花了三毛钱。买来以后，恰好《论语》要稿子，选抄了些寄去，加上一点说明，居然得着五元稿费。这是仅有的一次，买的书赚了钱。

在伦敦的时候，从寓所出来，走过近旁小街。有一家小书店门口摆着一架旧书。上前去徘徊了一下，看见一本《牛津书话选》（The Book Lovers' Anthology），① 烫花布面，装订不马虎，四百多面，本子也不小，准有七八成新，才一先令六便士，那时合中国一元三毛钱，比东安市场旧洋书还贱些。这选本节录许多名家诗文，说到书的各方面的；性质有点像叶德辉氏《书林清话》，但不像《清话》有系统；他们旨趣原是两样的。因为买这本书，结识了那掌柜的；他以后给我找了不少便宜的旧书。有一种书，他找不到旧的，便和我说，他们批购新书按七五扣，他愿意少赚一扣，按九扣卖给我。我没有要他这么办，但是很感谢他的好意。

①列数字

作者通过列数字，说明当时伦敦的旧书卖得并不贵。

1935 年 1 月 10 日

作者在文中叙述了自己买书的一些琐碎的事情，由此可以看出作者对书的喜爱。

延伸思考

1.作者叙述了哪几件买书的小事?

2.作者为什么说北平的书价很离奇?

相关链接

买书是作者的一大爱好,因此也发生了不少买书趣事。从文中可以看出,作者其实生活比较拮据,但这阻挡不了他买书、读书的热情。

松堂游记

名师导读

春暖花开的季节，我们应该多出去游玩，欣赏美丽的自然风光。沐浴在阳光下，清风拂面，别提多么惬意了。现在我们就跟着作者一起去“游览”松堂吧！

去年夏天，我们和S君夫妇在松堂住了三日。难得这三日的闲，我们约好了什么事不管，只玩儿，也带了两本书，却只是预备闲得真没办法时消消遣的。

出发的前夜，忽然雷雨大作。枕上颇为怅怅，难道天公这么不做美吗！第二天清早，一看却是个大晴天。上了车，①一路树木带着宿雨，绿得发亮，地下只有一些水塘，没有一点尘土，行人也不多。又静，又干净。

❶环境描写 作者对车外的环境进行了细致的描写，可以体现出作者喜悦的心情。

想着到还早呢，过了红山头不远，车却停下了。两扇大红门紧闭着，门额是国立清华大学西山牧场。拍了一会门，没人出来，我们正在没奈何，一个过路的孩子说这门上了锁，得走旁门。旁门上挂着牌子，“内有恶犬”。小时候最怕狗，有点趑趄。门里有人出来，保护着进去，一面吆喝着汪汪的群犬，一面只是说，“不碍不碍”。

过了两道小门，真是豁然开朗，别有天地。一眼先是亭亭直上，又刚健又婀娜的白皮松。白皮松不算奇，多得好，你挤着我我挤着你也不算奇，疏得好，要像住宅的院子里，四角上各来上一棵，疏不是？谁爱看？这儿就是院子大得好，就是四方八面都来得好。中间便是松堂，原是一座石亭子改造的，这座亭子高大轩敞，对得起那四围的松树，大理石柱，大理石栏杆，都还好好的，白，滑，冷。白皮松没有多少影子，堂中明窗净几，坐下来清清楚楚觉得自己真太小，在这样高的屋顶下。① 树影子少，可不热，廊下端详那些松树灵秀的姿态，洁白的皮肤，隐隐的一丝儿凉意便袭上心头。

❶运用修辞

作者运用拟人的修辞手法，形象生动地写出了树枝婀娜多姿的形态，把树枝拟人化，使语言显得非常生动活泼又有趣。

堂后一座假山，石头并不好，堆叠得还不算傻瓜。里头藏着个小洞，有神龛，石桌，石凳之类。可是外边看，不仔细看不出。得费点心去发现。假山上满可以爬过去，不顶容易，也不顶难。后山有座无梁殿，红墙，各色琉璃砖瓦，屋脊上三个瓶子，太阳里古艳照人。殿在半山，岿然独立，有俯视八极气象。天坛的无梁殿太小，南京灵谷寺的太黯淡，又都在平地上。山上还残留着些旧碉堡，是乾隆打金川时在西山练健锐云梯营用的，在阴雨天或斜阳中看最有味。又有座白玉石牌坊，和碧云寺塔院前那一座一般，不知怎样，前年春天倒下了，看着怪不好过的。

可惜我们来的还不是时候，晚饭后在廊下黑暗里等月亮，月亮老不上，我们什么都谈，又赌背诗词，有时也沉默一会儿。黑暗也有黑暗的好处，松树的长影子阴森森的有点像鬼物拿土。但是这么看的话，松堂的院子还差得远，白皮松也太秀气，我想起郭沫若君《夜步十里松原》那首诗，那才够阴森森的味儿——而且得独自一个人。好了，月亮上来了，却又让云遮去了一半，老远的躲在树缝里，像个乡下姑娘，羞答答的。从前人说：“千呼万唤始出来，犹抱琵琶半遮面。”真有点儿！云越来越厚，由他罢，懒得去管了。可是想，若是一个秋夜，刮点西风也好。

读书笔记

虽不是真松树，但那奔腾澎湃的“涛”声也该得听吧。

西风自然是不会来的。临睡时，我们在堂中点上了两三支洋蜡。怯怯的焰子让大屋顶压着，喘不出气来。我们隔着烛光彼此相看，也像蒙着一层烟雾。外面是连天漫地一片黑，海似的。只有远近几声犬吠，教我们知道还在人间世里。

读书笔记

（原载于《清华周刊》1935 年 5 月 15 日）

精华赏析

作者介绍了游览松堂的情景，带我们走进松堂，去体验不一样的景观。这篇文章运用了大量的修辞手法，让文章的节奏更加欢快，还采用了时空交错的构思技巧，使文章脉络清晰。

延伸思考

1. 作者在哪个地方游玩？

2. 这个地方有什么建筑？

3. 作者在游玩的时候心情是怎样的？

相关链接

作者善于运用多种不同的修辞手法，化抽象为具体，既体现了所状之景的自然雅趣，又使语言变得更加生动活泼，令人印象深刻。

初到清华记

名师导读

提到清华二字，也许我们最先想到的就是清华大学。一起来看看作者初到清华大学的见闻和感想吧！

从前在北平读书的时候，老在城圈儿里呆着。四年中虽也游过三五回西山，却从没来过清华；说起清华，只觉得很远很远而已。那时也不认识清华人，[1]有一回北大和清华学生在青年会举行英语辩论，我也去听。清华的英语确是流利得多，他们胜了。那回的题目和内容，已忘记干净；只记得复辩时，清华那位领袖很神气，引着孔子的什么话。北大答辩时，开头就用了 furiously 一个字叙述这位领袖的态度。这个字也许太过，但也道着一点儿。那天清华学生是坐大汽车进城的，车便停在青年会前头；那时大汽车还很少。那是冬末春初，天很冷。一位清华学生在屋里只穿单大褂，将出门却套上厚厚的皮大氅。这种"行"和"衣"的路数，在当时却透着一股标劲儿。

❶举例子

作者叙述清华大学的学生在与北京大学的学生进行英语辩论时获胜，凸显出此时清华大学学子们的英语实力，也说明了清华大学给作者留下的第一印象。

初来清华，在十四年夏天。刚从南方来北平，住在朝阳门边一个朋友家。那时教务长是张仲述先生，我们没见面。我写信给他，约定第三天上午去看他。写信时也和那位朋友商量过，十点赶得到清华么，从朝阳门那儿？他那时已经来过一次，但似乎只记得“长林碧草”，——他写到南方给我的信这么说——说不出路上究竟要多少时候。他劝我八点动身，雇洋车直到西直门换车，免得老等电车，又换来换去的，耽误事。那时西直门到清华只有洋车直达；后来知道也可以搭香山汽车到海甸再乘洋车，但那是后来的事了。

读书笔记

第三天到了，不知是起得晚了些还是别的，跨出朋友家，已经九点挂零。心里不免有点儿急，车夫走的也特别慢似的。到西直门换了车。据车夫说本有条小路，雨后积水，不通了；那只得由正道了。刚出城一段儿还认识，因为也是去万牲园的路；以后就茫然。到黄庄的时候，瞧着些屋子，以为一定是海甸了；心里想清华也就快到了吧，自己安慰着。快到真的海甸时，问车夫，“到了吧？”“没哪。这是海——甸。”这一下更茫然了。海甸这么难到，清华要何年何月呢？而车夫说饿了，非得买点儿吃的。吃吧，反正豁出去了。这一吃又是十来分钟。说还有三里多路呢。那时没有燕京大学，路上没什么看的，只有远处淡淡的西山——那天没有太阳——略略可解闷儿。①好容易过了红桥，喇嘛庙，渐渐看见两行高柳，像穹门一般。十刹海的垂杨虽好，但没有这么多这么深，那时路上只有我一辆车，大有长驱直入的神气。柳树前一面牌子，写着“入校车马缓行”；这才真到了，心里想，可是大门还够远的，不用说西院门又骗了我一次，又是六七分钟，才真真到了。坐在张先生客厅里一看钟，十二点还欠十五分。

①环境描写

作者描写了去清华大学的路上所见之景，并运用比喻的修辞手法，将两行高柳比作穹门，凸显了作者细致的观察力，塑造了清华大学校门外大气的形象。

张先生住在乙所，得走过那“长林碧草”，那浓绿真可醉人。张先生客厅里挂着一副有正书局印的邓完白隶书长联。我有一个会写字的同学，他喜欢邓完白，他也有这一副对联；所以我这时如见故人一般。张先生出来了。他比我高得多，脸也比我长得多，一眼看出是个顶能干的人。我向他道歉来得太晚，他也向我道歉，说刚好有个约会，不能留我吃饭。谈了不大工夫，十二点过了，我告辞。到门口，原车还在，坐着回北平吃饭去。过了一两天，我就搬行李来了。这回却坐了火车，是从环城铁路朝阳门站上车的。

以后城内城外来往的多了，得着一个诀窍；就是在西直门一上洋车，且别想“到”清华，不想着不想着也就到了。——香山汽车也搭过一两次，可真够瞧的，两条腿有时候简直无放处，恨不得不是自己的。有一回，在海甸下了汽车，①在现在“西园”后面那个小饭馆里，拣了临街一张四方桌，坐在长凳上，要一碟苜蓿肉，两张家常饼，二两白玫瑰，吃着喝着，也怪有意思；而且还在那桌上写了《我的南方》一首歪诗。那时海甸到清华一路常有穷女人或孩子跟着车要钱。他们除“您修好”等等常用语句外，有时会说“您将来做校长”，这是别处听不见的。

❶细节描写

作者细致地描写了坐在小饭馆里的场景，一张四方桌，要一碟苜蓿肉，两张家常饼，二两白玫瑰。这些语句中的量词用得非常巧妙，凸显了作者的闲情逸致。

（原载于《清华周刊》1936 年 3 月）

精华赏析

作者在文中描述了去清华大学的路上的环境，以及到清华大学之后发生的一些故事。按照故事发生的时间先后顺序一一展开了叙述，主要描写了去清华大学路途中的所见、所闻和所感。

延伸思考

1. 作者第一次谈到清华大学时是什么样的感受？

2. 作者在去清华大学的路途中有什么样的感触？

3. 作者在城内城外来往得多了，得着的决窍是什么？

相关链接

作者用绝大部分的篇幅来介绍去清华大学路上发生的故事，由此来说明自己初到清华大学的感触。

清华的一日

名师导读

朱自清与清华大学的渊源深长，自青年以来就在清华大学任教，直至长逝于此。本文是朱自清在清华大学任教时，记录一日生活的散文。让我们跟着作者一起去看看，他在清华大学里的一天是怎么度过的。

---

❶记叙

作者开篇叙述了这一日的早上有两课，且简述了讲课的内容。用语平铺直叙，十分亲切。

[1] 早晨上两课。第一课国文，讲《史通·叙事篇》。篇中力说叙事应该省句省字，但本文铺张排比的地方就不少。这是被当时骈体所限，不能冲出网罗的缘故。骈文宜于表情，记事说理，都不能精确。

第三课宋诗，讲王介甫《明妃曲》。宋人攻击王介甫，说他将明妃写成一个不忠君不爱国的人；其实是断章取义，故入人罪，细读全诗，王介甫所写的明妃还是那不忘汉的老明妃，不过加了些配角，说了些汉恩浅的话，以资映衬，以资翻新出奇而已。

本日星期三，十一时至十二时是看书样子的时候。浦江清、余冠英二先生分看五家的样子。样子不多，不到十二时就完了。在书单上签字的时候，见不拟购买的书名里有《白石山翁印存》

和《印（寿石工先生）印存》。这两位是故都刻印的名手，时间又还早，便翻阅了一回。寿氏不废规矩，风华中却见工力，甲骨钟鼎小篆各体都有，所收以诗词句的印为多。齐氏朴拙苍老，独创一格，有时却不免粗野。所收以人名印为多；周作人、罗家伦、徐悲鸿的都在这里。

齐氏的脾气据说颇有点古怪。他家里润格单上印着许多话，教人不可和他讲价，若他老年人生气。这《印存》里有“见贤思齐”一印，边款云：

[1]旧京刊印者无多人，有一二少年皆受业于余，学成自夸师古，背其恩本。君子耻之，人格低矣。中年人于非厂，刻石真工，亦余门客。独仲子先生之刻，古工秀劲，殊能绝伦；其人品亦驾人上，余所佩仰，为刊此石。因先生有感人类之高下，偶尔记于先生之印侧，可笑也。

❶引用原文

作者直接引用《印存》里的一段原文，为说明齐氏脾气古怪提供了理论依据，丰富了文章的内容，使得文章更具文学色彩。

可以见此老之火气。又“不知有汉”一印，边款云：

余之刊印不能工，但脱离汉人窠臼而已。同侣多不称许。独松厂老人尝谓曰：“西施善颦，未闻东施见妒。”仲子先生刊印，古劲秀雅，高出一时，既倩余刊“见贤思齐”印，又倩刊此。欧阳永叔所谓有知己之恩，为余言也。

可以见此老之独创和自诩。

午后读王介甫诗。四时开评议会，通过清寒公费生章程的修正条文。晚读日本历史教科书。

1936年11月11日

精华赏析

本文主要记叙了作者在清华大学一天的日程。从作者的介绍中我们不难看出，清华大学的课程非常丰富，不仅要学习国文，还要学习宋诗等。作者在清华大学的一天安排得很满，教书之余也不忘看书，体现了他注重提升自我。

延伸思考

1. 文中作者在清华大学教哪两门课程？

2. 作者在文章中引用的古文起着什么作用？

3. 通过阅读本文，你认为作者是一个怎样的人？

相关链接

在这篇文章中，作者简单介绍了自己在清华教书的一天。作者平铺直叙地介绍了课程所教授的主要内容，并对此议论一番，最后简述午后的安排等，如写日记般记述了一天的安排。

这一天

名师导读

在你的生活中，有没有对你来说特别重要的一天呢？下面让我们来看看朱自清心中重要的一天。

这一天是我们新中国诞生的日子。

从二十六年这一天以来，我们自己，我们的友邦，甚至我们的敌人，开始认识我们新中国的面影。

从前只知道我们是文化的古国，我们自己只能有意无意的夸耀我们的老，世界也只有意无意的夸奖我们的老。同时我们不能不自伤老大，自伤老弱；世界也无视我们这老大的老弱的中国。中国几乎成了一个历史上的或地理上的名词。

从两年前这一天起，我们惊奇我们也能和东亚的强敌抗战，我们也能迅速的现代化，迎头赶上去。世界也刮目相看，东亚病夫居然奋起了，睡狮果然醒了。① 从前只是一大块沃土，一大盘散沙的死中国，现在是有血有肉的活中国了。从前中国在若有若无之间，现在确乎是有了。

> **❶运用修辞** 作者运用对比和拟人的修辞手法，把中国拟人化，现在是有血有肉的活中国；将以前的中国和现在的中国进行对比，突出中国人民的觉醒和中国的新生。

从两年后的这一天看，我们不但有光荣的古代，而且有光

读书笔记

荣的现代；不但有光荣的现代，而且有光荣的将来无穷的世代。新中国在血火中成长了。

“双十”是我们新中国孕育的日子，“七七”是我们新中国诞生的日子。

1939年7月7日

精华赏析

这篇短文是朱自清于1939年为纪念“七七”抗战两周年而写的。1937年7月7日，日本侵略军在北平卢沟桥发动了全面的侵华战争。“七七”这一天是一个特殊的日子，标志着中国人民的觉醒和中国的新生。朱自清对这个日子有特殊的情感，由此写下了这篇文章。

延伸思考

1. 作者认为哪一天是新中国诞生的日子？

2. 七七事变以前的中国被大家称为什么？

3. 请谈谈你的读后感。

相关链接

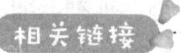

作者认为“七七”是中华民族精神奋起的日子，是中华民族在列强面前显示自己力量的日子，这个日子催促了新中国的诞生。文章一边叙述一边议论，深切表达了作者爱国爱民族的一腔赤诚。

重庆一瞥

名师导读

一提到重庆，你脑海里第一个想到的是什么？相信很多人都会和我一样，脑海里出现的第一个画面就是重庆火锅。那在作者的眼里，重庆这个城市有着怎样的魅力呢？我们一起在文章中找答案吧。

重庆的大，我这两年才知道。从前只知重庆是一个岛，而岛似乎总大不到那儿去的。两年前听得一个朋友谈起，才知道不然。他一向也没有把重庆放在心上。①但抗战前二年走进夔门一看，重庆简直跟上海差不多；那时他确实吃了一惊。我去年七月到重庆时，这一惊倒是幸而免了。却是，住了一礼拜，跑的地方不算少，并且带了地图在手里，而离开的时候，重庆在我心上还是一座丈八金身，摸不着头脑。重庆到底好大，我现在还是说不出。

从前许多人，连一些四川人在内，都说重庆热闹，俗气，我一向信为定论。然而不尽然。热闹，不错，这两年更其是的；俗气，可并不然。我在南岸一座山头上住了几天。朋友家有一个小廊子，和重庆市面对面儿。清早江上雾濛濛的，雾中隐约

①作对比

原本在作者的心里，重庆这座城市并没有什么很突出的地方，然而几年之后，重庆竟然发展得和上海差不多了，通过这样一个对比，能够凸显出重庆发展的迅速。

着重庆市的影子。重庆市南北够狭的，东西却够长的，展开来像一幅扇面上淡墨轻描的山水画。雾渐渐消了，轮廓渐渐显了，扇上面着了颜色，但也只淡淡儿的，而且阴天晴天差不了多少似的。一般所说的俗陋的洋房，隔了一衣带水却出落得这般素雅，谁知道！再说在市内，傍晚的时候我跟朋友在枣子岚垭，观音岩一带散步，电灯亮了，上上下下，一片一片的是星的海，光的海。一盏灯一个眼睛，传递着密语，像旁边没有一个人。没有人，还那儿来的俗气？

从昆明来，一路上想，重庆经过那么多回轰炸，景象该很惨罢。报上虽不说起，可是想得到的。可是，想不到的！我坐轿子，坐洋车，坐公共汽车，看了不少的街，炸痕是有的，瓦砾场是有的，可是，我不得不吃惊了，整个的重庆市还是堂皇伟丽的！街上还是川流不息的车子和步行人，挤着挨着，一个垂头丧气的也没有。[1]有一早上坐在黄家垭口那家宽敞的豆乳店里，街上开过几辆炮车。店里的人都起身看，沿街也聚着不少的人。这些人的眼里都充满了安慰和希望。只要有安慰和希望，怎么轰炸重庆市的景象也不会惨的，我恍然大悟了。——只看去年秋天那回大轰炸以后，曾几何时，我们的陪都不是又建设起来了吗！

❶**细节描写**

原本作者以为经过轰炸后的重庆会失去生机，实质上重庆市民们都井然有序地生活着，仿佛一切如常。作者对街景进行细致的描写，展现了重庆的建设和发展概况。

1941年

在作者没有来过重庆之前，认为重庆只是个小岛，但是当作者来到重庆的时候，竟感叹一切都跟想象的不一样。虽然经过了炮弹的多回轰炸，但是这个城市还是恢复了以往的生机，说明重庆发展迅速。

延伸思考

1.在作者以前的印象里，重庆是怎么样的？

2.当作者真真切切来到重庆之后，觉得重庆是一座怎样的城市？

3.作者认为从轰炸中恢复过来的重庆象征着什么？

相关链接

作者没有来到重庆之前，认为重庆可能比较小、不繁华，再加上炮弹的轰击，这座城市可能失去了以往的生机与活力。然而，当作者来到重庆之后，看到人们的生活如常，作者心里又充满了希望。

重庆行记

名师导读

重庆既有很多的美食，又有很多好玩的地方。那作者会到重庆哪些地方游玩呢？重庆这座城市给作者留下了怎样的印象呢？让我们带着这样的疑问去阅读这篇文章吧！

---

❶运用比喻

作者巧用比喻的修辞手法，把自己的忙比作在旋风里转，形象地表现出自己的忙碌程度，也凸显出重庆快节奏的生活。

这回暑假到成都看看家里人和一些朋友，路过陪都，停留了四日。每天真是东游西走，几乎车不停轮，脚不停步。[①]重庆真忙，像我这个无事的过客，在那大热天里，也不由自主的好比在旋风里转，可见那忙的程度。这倒是现代生活现代都市该有的快拍子。忙中所见，自然有限，并且模糊而不真切。但是换了地方，换了眼界，自然总觉得新鲜些，这就乘兴记下了一点儿。

飞

我从昆明到重庆是飞的。人们总羡慕海阔天空，以为一片茫茫，无边无界，必然大有可观。因此以为坐海船坐飞机是“不亦快哉！”其实也未必然。晕船晕机之苦且不谈，就是不晕的人或不晕的时候，所见虽大，也未必可观。海洋上见的往往是一片汪洋，水，水，水。当然有浪，但是浪小了无可看，大了无法看——那时得躲进舱里去。船上看浪，远不如岸上，更不如高处。海洋里看浪，也不如江湖里，海洋里只是水，只是浪，显不出那大气力。江湖里有的是遮遮碍碍的，山哪，城哪，什么的，倒容易见出一股劲儿。①“江间波浪兼天涌”为的是巫峡勒住了江水；“波撼岳阳城”，得有那岳阳城，并且得在那岳阳城楼上看。

❶引用诗句

作者引用古诗，说明跟海洋里看浪比起来，江湖里看水看浪能“见出一股劲儿”。

不错，海洋里可以看日出和日落，但是得有运气。日出和日落全靠云霞烘托才有意思。不然，一轮呆呆的日头简直是个大傻瓜！云霞烘托虽也常有，但往往淡淡的，懒懒的，那还是没意思。得浓，得变，一眨眼一个花样，层出不穷，才有看头。这是可遇而不可求的。平生只见过两回的落日，都在陆上，不在水里。水里看见的，日出也罢，日落也罢，只是些傻瓜而已。这种奇观若是有意为之，大概白费气力居多。有一次大家在衡山上看日出，起了个大清早等着。出来了，出来了，有些人跳着嚷着。那时一丝云彩没有，日光直射，教人睁不开眼，不知那些人看到了些什么，那么跳跳嚷嚷的。许是在自己催眠吧。自然，海洋上也有美丽的日落和日出，见于记载的也有。但是得有运气，而有运气的并不多。

赞叹海的文学，描摹海的艺术，创作者似乎是在船里的少，在岸上的多。海太大太单调，真正伟大的作家也许可以单刀直入，一般离了岸却掉不出枪花来，像变戏法的离开了道具一样。这些文学和艺术引起未曾航海的人许多幻想，也给予已经航海的人许多失望。天空跟海一样，也大也单调。日月星的，云霞的文学和艺术似乎不少，都是下之视上，说到整个儿天空的却不多。星空，夜空还见点儿，昼空除了“青天”“明蓝的晴天”或“阴沉沉的天”一类词儿之外，好像再没有什么说的。但是

读书笔记

初次坐飞机的人虽无多少文学艺术的背景帮助他的想像，却总还有那“天宽任鸟飞”的想像；加上别人的经验，上之视下，似乎不只是苍苍而已，也有那翻腾的云海，也有那平铺的锦绣。这就够揣摩的。

但是坐过飞机的人觉得也不过如此，云海飘飘拂拂的弥漫了上下四方，的确奇。可是高山上就可以看见；那可以是云海外看云海，似乎比飞机上云海中看云海还清切些。①苏东坡说得好：“不识庐山真面目，只缘身在此山中。”飞机上看云，有时却只像一堆堆破碎的石头，虽也算得天上人间，可是我们还是愿看流云和停云，不愿看那死云，那荒原上的乱石堆。至于锦绣平铺，大概是有的，我却还未眼见。我只见那“亚洲第一大水扬子江”可怜得像条臭水沟似的。城市像地图模型，房屋像儿童玩具，也多少给人滑稽感。自己倒并不觉得怎样藐小，却只不明白自己是什么玩意儿。假如在海船里有时会觉得自己是傻子，在飞机上有时便会觉得自己是丑角吧。然而飞机快是真的，两点半钟，到重庆了，这倒真是个“不亦快哉！”

❶引用诗句

作者在这里引用了苏东坡的诗句，很好地解释了作者从飞机上看云的情形。

热

②昆明虽然不见得四时皆春，可的确没有一般所谓夏天。今年直到七月初，晚上我还随时穿上衬绒袍。飞机在空中走，一直不觉得热，下了机过渡到岸上，太阳晒着，也还不觉得怎样热。在昆明听到重庆已经很热。记起两年前端午节在重庆一间屋里坐着，什么也不做，直出汗，那是一个时雨时晴的日子。想着一下机必然汗流浃背，可是过渡花了半点钟，满晒在太阳里，汗珠儿也没有沁出一个。后来知道前两天刚下了雨，天气的确清凉些，而感觉既远不如想像之甚，心里也的确清凉些。

❷作对比

作者先写昆明的清凉，与重庆的炎热作对比，并引出下文。

滑竿沿着水边一线的泥路走，似乎随时可以滑下江去，然而毕竟上了坡。有一个坡很长，很宽，铺着大石板。来往的人很多，他们穿着各样的短衣，摇着各样的扇子，真够热闹的。片段的颜色和片段的动作混成一幅斑驳陆离的画面，像出于后期印象派之手。我赏识这幅画，可是好笑那些人，尤其是那些扇子。那些扇子似乎只是无所谓的机械的摇着，好像一些无事忙的人。当时我和那些人隔着一层扇子，和重庆也隔着一层扇子，也许是在滑竿儿上坐着，有人代为出力出汗，会那样心地清凉罢。

第二天上街一走，感觉果然不同，我分到了重庆的热了。扇子也买在手里了。穿着成套的西服在大太阳里等大汽车，等到了车，在车里挤着，实在受不住，只好脱了上装，折起挂在膀子上。有一两回勉强穿起上装站在车里，①头上脸上直流汗，手帕子简直揩抹不及，眉毛上，眼镜架上常有汗偷偷的滴下。这偷偷滴下的汗最教人担心，担心它会滴在面前坐着的太太小姐的衣服上，头脸上，就不是太太小姐，而是绅士先生，也够那个的。再说若碰到那脾气躁的人，更是吃不了兜着走。曾在北平一家戏园里见某甲无意中碰翻了一碗茶，泼些在某乙的竹布长衫上，某甲直说好话，某乙却一声不响的拿起茶壶向某甲身上倒下去。碰到这种人，怕会大闹街车，而且是越闹越热，越热越闹，非到宪兵出面不止。

❶外貌描写

作者通过描写自己汗流不止的样子，来凸显重庆这座城市的炎热。

话虽如此，幸而倒没有出什么岔儿，不过为什么偏要白白的将上装挂在膀子上，甚至还要勉强穿上呢？大概是为的绷一手儿罢。在重庆人看来，这一手其实可笑，他们的夏威夷短裤儿照样绷得起，何必要多出汗呢？这儿重庆人和我到底还隔着一个心眼儿。再就说防空洞罢，重庆的防空洞，真是大人有名，②死心眼儿的以为防空洞只能防空，想不到也能防热的。我看沿街的防空洞大半开着，洞口横七竖八的安些床铺、马扎子、椅子、凳子，横七竖八的坐着、躺着各样衣着的男人、女人。在街心里走过，瞧着那懒散的样子，未免有点儿烦气。这自然是死心眼儿，但是多出汗又好烦气，我似乎倒比重庆人更感到重庆的热了。

❷细节描写

作者通过描写防空洞内的场景，进一步说明重庆夏天的炎热。

行

❶运用设问

作者自问自答，先抛出问题吸引住读者的眼球，再作出解答，引导读者思考。这样能够很好地过渡到下文对“行”的叙述上来。

[1]衣食住行，为什么却从行说起呢？我是行客，写的是行记，自然以为行第一。到了重庆，得办事，得看人，非行不可，若是老在屋里坐着，压根儿我就不会上重庆来了。再说昆明市区小，可以走路；反正住在那儿，这回办不完的事，还可以留着下回办，不妨从从容容的，十分忙或十分懒的时候，才偶尔坐回黄包车、马车或公共汽车。来到重庆可不能这么办，路远、天热、日子少、事情多，只靠两腿怎么也办不了。况这儿的车又相应、又方便，又何乐而不坐坐呢？

前几年到重庆，似乎坐滑竿最多，其次黄包车，其次才是公共汽车。那时重庆的朋友常劝我坐滑竿，因为重庆东到西长，有一圈儿马路；南到北短，中间却隔着无数层坡儿。滑竿可以爬坡，黄包车只能走马路，往往要兜大圈子。至于公共汽车，常常挤得水泄不通，半路要上下，得费出九牛二虎之力，所以那时我总是起点上终点下的多，回数自然就少。坐滑竿上下坡，一是脚朝天，一是头冲地，有些惊人，但不要紧，滑竿夫倒把得稳。从前黄包车下打铜街那个坡，却真有惊人的着儿，车夫身子向后微仰，两手紧压着车把，不拉车而让车子推着走，脚底下不由自主的忽紧忽慢，看去有时好像不点地似的，但是一个不小心，压不住车把，车子会翻过去，那时真的是脚不点地了，这够险的。[2]所以后来黄包车禁止走那条街，滑竿现在也限制了，只准上坡时坐。可是公共汽车却大进步了。这回坐公共汽车最多，滑竿最少。重庆的公用汽车分三类，一是特别快车，只停几个大站，一律廿五元，从那儿坐到那儿都一样，有些人常拣那候车人少的站口上车，兜个圈子回到原处，再向目的地坐；这样还比走路省时省力，比雇车省时省力省钱。二是专车，只

❷作对比

作者对比自己前几年和现在到重庆交通工具的选择，体现重庆的发展和进步。

来往政府区的上清寺和商业区的都邮街之间，也只停大站，廿五元。三是公共汽车，站口多，这回没有坐，好像一律十五元，这种车比较慢，行客要的是快，所以我没有坐。慢固然因停的多，更因为等的久。重庆汽车，现在很有秩序了，大家自动的排成单行，依次而进，坐位满人，卖票人便宣布还可以挤几个，意思是还可以“站”几个。这时愿意站的可以上前去，不妨越次，但是还得一个跟一个“挤”满了，卖票宣布停止，叫等下次车，便关门吹哨子走了。公共汽车站多价贱，排班老是很长，在腰站上，一次车又往往上不了几个，因此一等就是二三十分钟，行客自然不能那么耐着性儿。

衣

二十七年春初过桂林，看见满街都是穿灰布制服的，长衫极少，女子也只穿灰衣和裙子。那种整齐，利落，朴素的精神，叫人肃然起敬；这是有训练的公众。后来听说外面人去得多了，长衫又多起来了。国民革命以来，中山服渐渐流行，短衣日见其多，抗战后更其盛行。① 从前看不起军人，看不惯洋人，短衣不愿穿，只有女人才穿两截衣，那有堂堂男子汉去穿两截衣的。可是时世不同了，男子倒以短装为主，女子反而穿一截衣了。桂林长衫增多，增多的大概是些旧长衫，只算是回光返照。可是这两三年各处却有不少的新长衫出现，这是因为公家发的平价布不能做短服，只能做长衫，是个将就局儿。相信战后材料方便，还要回到短装的，这也是一种现代化。

❶叙述

通过叙述人们对穿短装的态度的变化，说明穿着也会随着时代的变化而变化。

四川民众苦于多年的省内混战，对于兵字深恶痛绝，特别称为“二尺五”和“棒客”，列为一等人。我们向来有“短衣帮”的名目，是泛指，“二尺五”却是特指，可都是看不起短衣。四川似乎特别看重长衫，乡下人赶场或入市，往往头缠白布，脚登草鞋，身上却穿着青布长衫。是粗布，有时很长，又常东补一块，西补一块的，可不含糊是长衫。也许向来是天府之国，衣食足而后知礼义，便特别讲究仪表，至今还留着些流风馀韵罢？然而城市中人却早就在赶时髦改短装了。短装原是洋派，但是不必遗憾，赵武灵王不是改了短装强兵强国吗？短装至少有好些方便的地方：夏天穿个衬衫短裤就可以大模大样的在街上走，长衫就似乎不成。只有广东天热，又不像四川在意小节，短衫裤可以行街。可是所谓短衫裤原是长裤短衫，广东的短衫又很长，所以还行得通，不过好像不及衬衫短裤的派头。

读书笔记

不过衬衫短裤似乎到底是便装，记得北平有个大学开教授会，有一位教授穿衬衫出入，居然就有人提出风纪问题来。三年前的夏季，在重庆我就见到有穿衬衫赴宴的了，这是一位中年的中级公务员，而那宴会是很正式的，座中还有位老年的参政员。可是那晚的确热，主人自己脱了上装，又请客人宽衣，于是短衫和衬衫围着圆桌子，大家也就一样了。西服的客人大概搭着上装来，到门口穿上，到屋里经主人一声“宽衣”，便又脱下，告辞时还是搭着走。其实真是多此一举，那么热还绷个什么呢？不如衬衫入座倒干脆些。可是中装的却得穿着长衫来去，只在室内才能脱下。西服客人累累赘赘带着上装，倒可以陪他们受点儿小罪，叫他们不至于因为这点不平而对于世道人心长吁短叹。

战时一切从简，衬衫赴宴正是“从简”。“从简”提高了便装的地位，于是乎造成了短便装的风气。先有皮茄克，春秋冬三季(在昆明是四季)，[1] 大街上到处都见，黄的、黑的、拉练的、扣钮的、收底的、不收底边的，花样繁多。穿的人青年中年不分彼此，只除了六十以上的老头儿。从前穿的人多少带些个“洋”关系，现在不然，我曾在昆明乡下见过一个种地的，穿的正是这皮茄克，虽然旧些。不过还是司机穿得最早，这成个司机文化一个重要项目。皮茄克更是那儿都可去，昆明我的一位教授朋友，就穿着一件老皮茄克教书、演讲、赴宴、参加典礼，到重庆开会，差不多是皮茄克为记。这位教授穿皮茄克，

❶观察细致

作者对服装款式、色彩进行细致的观察，体现服装的变化，说明生活的变化。

似乎在学晏子穿狐裘，三十年就靠那一件衣服，他是不是赶时髦，我不能冤枉人，然而皮茄克上了运是真的。

再就是我要说的这两年至少在重庆风行的夏威夷衬衫，简称夏威夷衫，最简称夏威衣。这种衬衫创自夏威夷，就是檀香山，原是一种土风。夏威夷岛在热带，译名虽从音，似乎也兼义。夏威夷衣自然只宜于热天，只宜于有"夏威"的地方，如中国的重庆等。重庆流行夏威衣却似乎只是近一两年的事。去年夏天一位朋友从重庆回到昆明，说是曾看见某首长穿着这种衣服在别墅的路上散步，虽然在黄昏时分，我的这位书生朋友总觉得不大像样子。今年我却看见满街都是的，这就是所谓上行下效罢？

夏威衣翻领像西服的上装，对襟面袖，前后等长，不收底边，还开岔儿，比衬衫短些。除了翻领，简直跟中国的短衫或小衫一般无二。但短衫穿不上街，夏威衣即可堂哉皇哉在重庆市中走来走去。那翻领是具体而微的西服，不缺少洋味，至于凉快，也是有的。①夏威衣的确比衬衫通风；而看起来飘飘然，心上也爽利。重庆的夏威衣五光十色，好像白绸子黄卡机居多，土布也有，绸的便更见其飘飘然，配长裤的好像比配短裤的多一些。在人行道上有时通过持续来了三五件夏威衣，一阵飘过去似的，倒也别有风味，参差零落就差点劲儿。夏威衣在重庆似乎比皮茄克还普遍些，因为便宜得多，但不知也会像皮茄克那样上品否。到了成都时，宴会上遇见一位上海新来的青年衬衫短裤入门，却不喜欢夏威衣（他说上海也有），说是无礼貌。这可是在成都、重庆人大概不会这样想吧？

1944年9月

❶作对比

作者将夏威衣和衬衫作了对比，可以看出夏威衣更适合在重庆的夏天时穿。

精华赏析

在这篇文章中，作者对重庆的交通、天气、穿着等方面展开细致的描写，展现了重庆的风土人情。在整个叙述过程中，作者的思路非常清晰，对重庆的细致观察，也体现了作者对重庆的热爱之情。

延伸思考

1. 作者是从哪几个方面来描写重庆的？

2. 在作者看来，重庆的天气是怎样的？

3. 从作者的叙述中，我们可以了解到重庆给作者留下了什么样的印象？

相关链接

本篇文章是朱自清的见闻随笔，围绕重庆特殊的生态环境（山高路陡、天热等方面）进行描绘，妙趣横生，在直白与诙谐之中颇含对时俗的讽喻。

我是扬州人

名师导读

每一个城市都有自己的特色、自己的历史。你出生在哪个城市？你对你的家乡又了解多少呢？现在，让我们跟随作者走进扬州，了解扬州吧！

有些国语教科书里选得有我的文章，注解里或说我是浙江绍兴人，或说我是江苏江都人——就是扬州人。有人疑心江苏江都人是错了，特地老远的写信托人来问我。我说两个籍贯都不算错，但是若打官话，我得算浙江绍兴人。浙江绍兴是我的祖籍或原籍，我从进小学就填的这个籍贯；直到现在，在学校里服务快三十年了，还是报的这个籍贯。不过绍兴我只去过两回，每回只住了一天；而我家里除先母外，没一个人会说绍兴话。

我家是从先祖才到江苏东海做小官。东海就是海州，现在是陇海路的终点。①我就生在海州。四岁的时候先父又到邵伯镇做小官，将我们接到那里。海州的情形我全不记得了，只对海州话还有亲热感，因为父亲的扬州话里夹着不少海州口音。在邵伯住了差不多两年，是住在万寿宫里。万寿宫的院子很大，

❶介绍背景

作者简单介绍了自己的出生背景。他出生在海州，虽已不记得海州的情形，但仍对海州话有亲热感，说明他非常眷恋自己的家乡。

很静；门口就是运河。河坎很高，我常向河里扔瓦片玩儿。邵伯有个铁牛湾，那儿有一条铁牛镇压着。父亲的当差常抱我去看它，骑它，抚摩它。镇里的情形我也差不多忘记了。只记住在镇里一家人家的私塾里读过书，在那里认识了一个好朋友叫江家振。我常到他家玩儿，傍晚和他坐在他家荒园里一根横倒的枯树干上说着话，依依不舍，不想回家。这是我第一个好朋友，可惜他未成年就死了；记得他瘦得很，也许是肺病罢？

六岁那一年父亲将全家搬到扬州。后来又迎养先祖父和先祖母。父亲曾到江西做过几年官，我和二弟也曾去过江西一年；但是老家一直在扬州住着。我在扬州读初等小学，没毕业；读高等小学，毕了业；读中学，也毕了业。我的英文得力于高等小学里一位黄先生，他已经过世了。还有陈春台先生，他现在是北平著名的数学教师。这两位先生讲解英文真清楚，启发了我学习的兴趣；只恨我始终没有将英文学好，愧对这两位老师。还有一位戴子秋先生，也早过世了，我的国文是跟他老人家学着做通了的。那是辛亥革命之后在他家夜塾里的时候。中学毕业，我是十八岁，那年就考进了北京大学预科，从此就不常在扬州了。

就在十八岁那年冬天，父亲母亲给我在扬州完了婚。内人武钟谦女士是杭州籍，其实也是在扬州长成的。她从不曾去过杭州；后来同我去是第一次。[1] 她后来因为肺病死在扬州，我曾为她写过一篇《给亡妇》。我和她结婚的时候，祖父已死了好几年了。结婚后一年祖母也死了。他们两老都葬在扬州，我家于是有祖茔在扬州了。后来亡妇也葬在这祖茔里。母亲在抗战前两年过去，父亲在胜利前四个月过去，遗憾的是我都不在扬州；他们也葬在那祖茔里。这中间叫我痛心的是死了第二个女儿！她性情好，爱读书，做事负责任，待朋友最好。已经成人了，不知什么病，一天半就完了！她也葬在祖茔里。我有九个孩子。除第二个女儿外，还有一个男孩不到一岁就死在扬州；其馀亡妻生的四个孩子都曾在扬州老家住过多少年。这个老家

❶叙述

作者叙述父母妻儿等葬于扬州，真情流露，表达了扬州是羁绊他心灵和情感的地方。

直到今年夏初才解散了，但是还留着一位老年的庶母在那里。

① 我家跟扬州的关系，大概够得上古人说的“生于斯，死于斯，歌哭于斯”了。现在亡妻生的四个孩子都已自称为扬州人了；我比起他们更算是在扬州长成的，天然更该算是扬州人了。但是从前一直马马虎虎的骑在墙上，并且自称浙江人的时候还多些，又为了什么呢？这一半因为报的是浙江籍，求其一致；一半也还有些别的道理。这些道理第一桩就是籍贯是无所谓的。那时要做一个世界人，连国籍都觉得狭小，不用说省籍和县籍了。那时在大学里觉得同乡会最没有意思。我同住的和我来往的自然差不多都是扬州人，自己却因为浙江籍，不去参加江苏或扬州同乡会。可是虽然是浙江绍兴籍，却又没跟一个道地浙江人来往，因此也就没人拉我去开浙江同乡会，更不用说绍兴同乡会了。这也许是两栖或骑墙的好处罢？然而出了学校以后到底常常会遇到道地绍兴人了。我既然不会说绍兴话，并且除了花雕和兰亭外几乎不知道绍兴的别的情形，于是乎往往只好自己承认是假绍兴人。那虽然一半是玩笑，可也有点儿窘的。

❶总结

作者引用古语，总结自己与扬州的情感羁绊。

还有一桩道理就是我有些讨厌扬州人；我讨厌扬州人的小气和虚气。小是眼光如豆，虚是虚张声势，小气无须举例。② 虚气例如已故的扬州某中央委员，坐包车在街上走，除拉车的外，又跟上四个人在车子边推着跑着。我曾经写过一篇短文，指出扬州人这些毛病。后来要将这篇文收入散文集《你我》里，商务印书馆不肯，怕再闹出“闲话扬州”的案子。这当然也因为他们总以为我是浙江人，而浙江人骂扬州人是会得罪扬州人的。但是我也并不抹煞扬州的好处，曾经写过 篇《扬州的夏日》，还有在《看花》里也提起扬州福缘庵的桃花。再说现在年纪大些了，觉得小气和虚气都可以算是地方气，绝不止是扬州人如此。从前自己常答应人说自己是绍兴人，一半又因为绍兴人有些戆气，而扬州人似乎太聪明。其实扬州人也未尝没戆气，我的朋友任中敏（二北）先生，办了这么多年汉民中学，不管人家理会不理会，难道还不够“戆”的！绍兴人固然有戆气，但是也许

❷举例子

作者不喜欢扬州人，是觉得扬州人小气和虚张声势。在这里作者举出一个具体的例子来说明扬州人虚张声势。

还有别的气我讨厌的，不过我不深知罢了。这也许是阿Q的想法罢？然而我对于扬州的确渐渐亲热起来了。

扬州真像有些人说的，不折不扣是个有名的地方。不用远说，李斗《扬州画舫录》里的扬州就够羡慕的。可是现在衰落了，经济上是一日千丈的衰落了，只看那些没精打采的盐商家就知道。扬州人在上海被称为江北老，这名字总而言之表示低等的人。江北老在上海是受欺负的，他们于是学些不三不四的上海话来冒充上海人。到了这地步他们可竟会忘其所以的欺负起那些新来的江北老了。这就养成了扬州人的自卑心理。抗战以来许多扬州人来到西南，大半都自称为上海人，就靠着那一点不三不四的上海话；甚至连这一点都没有，也还自称为上海人。其实扬州人在本地也有他们的骄傲的。他们称徐州以北的人为侉子，那些人说的是侉话。他们笑镇江人说话土气，南京人说话大舌头，尽管这两个地方都在江南。英语他们称为蛮话，说这种话的当然是蛮子了。然而这些话只好关着门在家里说，到上海一看，立刻就会矮上半截，缩起舌头不敢啧一声了。扬州真是衰落得可以啊！

我也是一个江北老，一大堆扬州口音就是招牌，但是我却不愿做上海人；上海人太狡猾了。况且上海对我太生疏，生疏的程度跟绍兴对我也差不多；因为我知道上海虽然也许比知道绍兴多些，但是绍兴究竟是我的祖籍，上海是和我水米无干的。然而年纪大起来了，世界人到底做不成，我要一个故乡。俞平伯先生有一行诗，说“把故乡掉了”。其实他掉了故乡又找到了一个故乡；他诗文里提到苏州那一股亲热，是可羡慕的，苏州就算是他的故乡了。他在苏州度过他的童年，所以提起来一点一滴都亲亲热热的，童年的记忆最单纯最真切，影响最深最久；种种悲欢离合，回想起来最有意思。“青灯有味是儿时”，其实不止青灯，儿时的一切都是有味的。这样看，在那儿度过童年，就算那儿是故乡，大概差不多罢？这样看，就只有扬州可以算是我的故乡了。①何况我的家又是“生于斯，死于斯，

读书笔记

①总结全文

在文章的最后，作者只用了一句简单的话来总结自己与扬州的关系，表明自己是扬州人。

歌哭于斯”呢？所以扬州好也罢，歹也罢，我总该算是扬州人的。

1946年

精华赏析

作者的叙述看似平淡如水，字里行间却有着激荡的感情，不能为父母送终的遗憾，对亡妻的眷恋，女儿离世带来的痛心……扬州，一直是他心灵的归处。

延伸思考

1.作者出生在哪个地方？

2.作者与扬州的关系可以用哪句古话来概括？

3.作者不喜欢扬州人，主要是因为什么？

相关链接

从这篇文章中我们可以看出，作者一生经历了许多事情，最后作者仍然说出“我是扬州人”。这简单的一句话里包含着作者对扬州的热爱之情。

“五四”时代的文艺

名师导读

时代不断进步，文学也有了新的发展，从八股到新文体白话，从文学改良到文学创新，都是文艺的进步。让我们跟随作者的脚步去了解“五四”时代的文艺的发展吧。

---

❶转折

作者从“五四”以前的老人才是权威，转折到现在的主力已是青年，这既表现出了作者对青年的厚望，又告诫现在的青年们一定要牢牢握住手中的机会，为时代的发展、文艺的发展贡献力量。

刚才主席说过，“五四”是“人的发现”，但“五四”同时也是“青年的发现”与“现代的发现”。①在“五四”以前，是老人才有权威，现在却要年青才行，像我这样头发白了的人是不行了，现代的发现则是要把握住现在。“五四”时代的文艺我想分三方面来说。

第一，是从新文体到白话文，新文体是清末时代的新生文体，代表人物有梁启超和胡适之，主张推翻桐城派和文选派的文体，八股更要推翻，新文体是要应用到报纸上，要使了解的人更多。要通俗化，对象是读书人和受新教育的青年，也就是开通民智。梁启超的文章确曾收到了大的效果，民国以后《新青年》出版，胡适之与陈独秀提倡白话文学，白话的来源，除旧小说之外，我看还有当时的讲演，讲演对语言的帮助很大；

再有一种是与传统有关的语录，语录是宋代学家讲授时的笔录。旧小说中的话是像说书人的话，因为来自民间，表现出受压迫的情绪，都带有自嘲的口诀式的，以致乐为目的的滑稽，或说是侍候人的口气。到今天说大鼓的还要说“侍候您一段”，语录便是没有“侍候人的气息”的白话，影响很大。白话文学后来受欧化影响，又生变化，但白话文学确是经过“五四”才广泛展开来的。

第二，谈文学改良与文学革命。“五四”在民国八年，新文学运动在民国六年，应从民国六年说起，胡适之写了文学改良刍议，陈独秀则提倡文学革命，胡适之说过他的主张是温和的，如无陈的激烈运动，白话不会开展得这么快。其内容用胡适之自己的话说是“文字解放”“文体解放”，八不主义中有三不是“不要言之无物”，“不做无病呻吟”，“不避俗语俗字”，这是用当时的言语来表达出来的。用今天的话说便是属于人民的，因为有一点须要说明，中国白话由来已久，胡适之在白话文学史中的意见是正确的，唐朝以后士与民之间的对流很大，宋以后，民间的东西如小说戏剧都抬起头来，白话便开始于人民要表现自己的东西。陈独秀的主张，是用国民文学反对贵族文学，用写实文学反对古典文学，用社会文学反对山陵文学；国民便是人民，社会文学是人民的文学，写实文学是用人民的语言，所以总括一句，便是“人民文学”。因为时代的不同，那时候不能说的这么干脆，但也已经很干脆了。

第三要说到鲁迅先生，有了理论，还要有创作，就是“拿出证据来”。①他的第一部创作便是《狂人日记》，里面提到礼教与孩子，那时的批评，说它是“用写实的手法表现了象征的意义”，“吃人的礼教”。这句话在今天听来平常，当时却如洪水猛兽，说这句话的便是狂人，今天不是狂人也要说这样的话，足见是进步了。礼教怎么吃人的？大家都是知道的，就是强凌弱，大吃小，强者大者便是封建社会里的统治阶级，“士”也是统治阶级的一部分。并非纯是势利，被吃的人便是村人，

读书笔记

❶引用名著

作者引用鲁迅《狂人日记》中的话来表达“五四”时代的文艺的创新精神，丰富文章内容。

读书笔记

就是农民，所以批评《狂人日记》者说“发现了村人的性格”，村人便是封建社会下被压迫被损害的一群。胡适之说过，一个人是爸爸的儿子，爷爷的孙子，又是儿子的爸爸，上下夹攻，没有办法；如果有了七八个孩子，慢说现在，就在“五四”时候也毫无办法。《狂人日记》里喊出“救救孩子！”并且要打倒孔家店，“孔家店”便是当时给“封建社会”的代名词，鲁迅便是肩起闸门放出孩子去的。他当时虽认为希望不多，但希望总是有的，他就用艺术方法表现了出来，要怎样救救孩子呢？就是说两位先生，一位是德先生，一位是赛先生，到今天也仍然如此，这就是我所知道的“五四”时代的文艺。

1947年5月4日

精华赏析

文章采用总分的结构，开篇即总写，交代“五四”时代的文艺的群体来源，然后又分别从三个方面来讲述“五四”时代的文艺。整篇文章结构精巧，思路清晰，充分表达了作者的想法：文学发展是跟着时代的进步而进步的，所以文体要适应新时代的人，内容题材也要适应新时代，而且要创新，要带给读者不一样的体验。

延伸思考

1. 作者从哪些方面来说“五四”时代的文艺？

2. 作者引用《狂人日记》有何意义？

相关链接

朱自清的散文常常“以美丽动人的文字”，为新文化运动注入活力，其散文作品将文学的大众化特征与语言的艺术化追求很好地结合了起来。本文中作者以自己的视角，用具有语言艺术的文字，通过举例、引用等写作手法，将“五四”时代新文艺的起源、发展与创新娓娓道来。

大学的路

名师导读

有人认为上大学没什么用，有人拼尽全力也要上大学；有人在大学里面过完了颓废的四年，有人不断学习不断进步。上大学不仅在于单方面的发展，而需要全方面统筹兼顾。

暑假了，许多中学毕业生投考大学，其中百分之十到二十将会取入大学。现在大学只能容纳这么多的新生，不能不有所选择，选择的标准是知识与能力。[1]选中的是有福的，他们能够继续的增广知识，加强能力，有希望成为一些领导的人才。但是大学仔细的选择他们，他们也得仔细的选择大学的路。大学的路不止一条，通到各处，可是归到一处。这同归的一处就是国家和社会的进步；进步是综合的，得大家从各方面努力，这就是通到各处。大学训练分工，可是归于合作。

❶揭示主旨　大学的路，是指大学生该如何去过好大学几年的生活，让其充实有意义。而此处正好揭示了作者要表达的中心主旨。

大学分为不同的院系，就是通到各处的路。新生选择院系，有些是照着家庭的希望，但是大多数似乎是照着自己的兴趣。兴趣并不一定代表才力，往往选了院系学了一年两年，才发现自己让那靠不住的兴趣骗了，走了错路，也走了冤枉路。家庭的希望往往寄托在个人的出路上，学生自己也有许多着眼在出路上。这虽然不免自私，但是未尝没有道理。不过才力相宜方能有出路，不相宜不会有出路。看来是好出路的，未必人人都走得通；走不通就成了死路。大学生择业，从报考的时候就得仔细考虑，最好多商量，和父母商量，和师友商量。进了大学，特别是第一年终了的时候，更得多商量。[①]各项成绩当然是重要的标准；别唱高调，说分数不能代表你，分数是足以指示一般人的才力的，除了少数的奇才异能而外。

多少年来大学生差不多都乐意专业化，越早越好。专业化是一条窄路。大学虽分院系，但是教育学生却该注重通识；有了足够的通识再去专业化，那种专业化才是健全的。不然只能成就技术人才，不能成就领导人才；甚至于欲速不达，只剩了个半瓶醋。现在大学的公共必修学程，用意正在培养学生的通识，让他们能有比较远大的眼光，并且能看清楚自己的地位和任务。学生好像都不大乐意这些学程，但是相信让他们勉强学习，多少还是有益的。还有，大学二三四年级学生修习本系的必修选修课程之外，最好能够选习一些别系的课，不但可以调剂学习的兴趣，也是培养通识一个重要的过程。从前有些大学有主系副系的办法，其实很好，现时似乎很难施行了，是很可惜的。现时大学各系的必修课程往往太多，使学生来不及选别系的课，也正是太重专业的毛病。我想教授们还是应该鼓励学生指示学生尽可能选些别系的课。这个我知道学生倒是乐意的。

现在的大学生特别注意现实的政治，也可以说是通识的一方面的表现，并且也可以增加某些知识和能力。这是他们在教育人民。但是他们在这青年时代，更重要的自然还是受教育，受教育是他们的本位。不忘记自己的本位，才不至于离开大学的路，才不至于使大学离开它自己的路。

1947 年

❶强调

大学里有很多人都为自己的分数低找理由，找借口，说分数代表不了什么，而作者再次强调分数足以代表一般人的才力。

精华赏析

作者笔下的“大学的路”应该是选好专业，而不是为了兴趣去盲目地选择与学习。在学好专业课的前提下，学习专业外的知识，这叫通识。学校不应该只培养专业人才，而更需要培养的是领导人才。

延伸思考

1. 作者认为兴趣真的可以用来作为挑选专业的唯一标准吗？

2. 作者认为大学的路应该怎样走？

相关链接

在作者的那个年代，想上大学是一件非常困难的事情，当时的年轻人都很珍惜读书学习的机会。现在上大学的机会越来越大了，可有些年轻人并没有珍惜机会，荒废光阴，贪图一时的安逸。这也正是当代一些大学生毕业后就业十分困难的主要原因之一。

鲁迅先生的中国语文观

名师导读

做事情不能只顾眼前，眼光要放长远，目光短浅只会故步自封。这就好比中国文学，如果不接纳、吸收优秀的外来文化，就只能止步不前，无法得到长远的发展。而本文的主人公鲁迅先生坚持打破僵局，接纳“欧化的文学”观。

这里是就鲁迅先生的文章中论到中国语言文字的话，综合的加以说明，不参加自己意见。有些就抄他的原文，但是恕不一一加引号，也不注明出处。

鲁迅先生以为中国的言文一向就并不一致，文章只是口语的提要。[1]我们的古代的纪录大概向来就将不关重要的词摘去，不用说是口语的提要。就是宋人的语录和话本，以及元人杂剧和传奇里的道白，也还是口语的提要。只是他们用的字比较平常，删去的词比较少，所以使人觉得“明白如话”。至于一般所谓古文，又是古代口语的提要而不是当时口语的提要，更隔一层了。

❶举例子 作者以宋人的语录和话本，元人杂剧和传奇里的道白为例，表明里面都有口语的提要，从而说明从古至今口语的提要一直都很重要，使鲁迅的观点更有说服力。

他说中国的文或话实在太不精密。向来作文的秘诀是避去俗字，删掉虚字，以为这样就是好文章。其实不精密。讲话也常常会辞不达意，这是话不够用；所以教员讲书必须借助于粉笔。文与话的不精密，证明思路不精密，换一句话，就是脑筋有些糊涂。倘若永远用着这种糊涂的语言，即使写下来读起来滔滔而下，但归根结蒂所得的还是一些糊涂的影子。要医这糊涂的病，他以为只好陆续吃一点苦，在语言里装进异样的句法去，装进古的，外省外府的，外国的句法去。习惯了，这些句法就可变为己有。

他赞成语言的欧化而反对刘半农先生“归真反朴”的主张。他说欧化文法侵入中国白话的大原因不是好奇，乃是必要。要话说得精密，固有的白话不够用，就只得采取些外国的句法。这些句法比较的难懂，不像茶泡饭似的可以一口吞下去，但补偿这缺点的是精密。[1] 反对欧化的人说中国人“话总是会说的”，一点不错，但要前进，全照老样子是不够的。即如“欧化”这两个字本身就是欧化的词儿，可是不用它，成吗？

❶反问

“欧化的文学”观一直得不到中国人的认可，但是中国的语文观提升的空间已经很小，作者在此反问，更加肯定了中国语文观要想有发展就必须吸取优秀的外来文化。

“归真反朴”是要回到现在的口语，还有语录派，更主张回到中古的口语，鲁迅先生不用说是反对的。他提到林语堂先生赞美的语录的便条，说这种东西在中国其实并未断绝过种子，像上海堂口摊子上的文人代男女工人们写信，用的就是这种文体，似乎不劳从新提倡。他还反对“章回小说体的笔法”，都因为不够用，不精密。

他赞成语言的大众化，包括书法的拉丁化。他主张将文字交给一切人。他将中国话大略分为北方话，江浙话，两湖川贵话，福建话，广东话，主张地方语文的大众化，然后全国语文的大众化。这全国到处通行的大众语，将来如果真有的话，主力恐怕还是北方话。不过不是北方的土话，而是好像普通话模样的东西。

大众语里也有绍兴人所谓“炼话”。这“炼”字好像是熟练的意思，而不是简练的意思。鲁迅先生提到有人以为“大雪纷飞”比“大雪一片一片纷纷的下着”来得简要而神韵。他说在江浙一带口语里，大概用“凶”“猛”或“厉害”来形容这

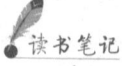

读书笔记

下雪的样子。①《水浒传》里的“那雪正下得紧”，倒是接近现代大众语的说法，比“大雪纷飞”多两个字，但那“神韵”却好得远了。这里说的“神韵”大概就是“自然”，“到家”，也就是“熟练”或“炼”的意思。

对文言的“大雪纷飞”，他取“那雪正下得紧”的自然。但一味注重自然是不行的。他主张语言里得常常加进些新成分，翻译的作品最宜担任这种工作。即使为略能识字的读众而译的书，也应该时常加些新的字眼，新的语法在里面。但自然不宜太多；以偶尔遇见而自己想想或问问别人就能懂得的为度。这样逐渐的拣必要的一些新成分灌输进去，群众是会接受的，也许还胜过成见更多的读书人。必需这样，大众语才能够丰富起来。

鲁迅先生主张的是在现阶段一种特别的语言，或四不像的白话，虽然将来会成为“好像普通话模样的东西”。这种特别的语言不该采取太特别的土话，他举北平话的“别闹”“别说”做例子，说太土。可是要上口，要顺口。②他说做完一篇小说总要默读两遍，有拗口的地方，就或加或改，到读得顺口为止。但是翻译却宁可忠实而不顺；这种不顺他相信只是暂时的，习惯了就会觉得顺了。若是真不顺，那会被自然淘汰掉的。他可是反对凭空生造；写作时如遇到没有相宜的白话可用的地方，他宁可用古语就是文言，决不生造，决不生造“除自己之外谁也不懂的形容词”。

他也反对“做文章”的“做”，“做”了会生涩，格格不吐。可是太“做”不行，不“做”却又不行。他引高尔基的话“大众语是毛坯，加了工的是文学”，说这该是很中肯的指示。他所需要的特别的语言，总起来又可以这样说：“采说书而去其油滑，听闲谈而去其散漫，博取民众的口语而存其比较的大家能懂的字句，成为四不像的白话。这白话得是活的，因为有些是从活的民众口头取来，有些要从此注入活的民众里面去。”

（原载于北平《新生报》，1946 年）

❶引用

作者引用《水浒传》里面的语言来证明前文提出的观点：“炼话”中的“炼”是熟练的意思。使其更有说服力。

❷细节描写

通过描写鲁迅修改小说的习惯，说明鲁迅是一个一丝不苟的人，也表现出作者对鲁迅的钦佩之情。

精华赏析

作者写鲁迅先生的中国语文观，实则是为了表达自己的中国语文观，表达自己对语文和文学的见解。

延伸思考

1. 你理解的“鲁迅的中国语文观”是什么样的，请简要概括。

2. 从文章当中可以看出鲁迅是一个怎样的文学家，请举例说明。

3. 从文中可以看出“中国语文观”有怎样的变化？

相关链接

落后就会挨打，无论是中国语文观，还是中国文学发展都是如此。如果不能兼收并蓄，包容接纳外来文化，取其精华，去其糟粕，便只会故步自封，一直落后。

青年与文学

名师导读

阅读好的文学作品可以陶冶一个人的思想情操，提升一个人的素养，开阔一个人的视野。所以，养成良好的阅读习惯十分必要。

青年人爱好文学的很多。多一半不但爱好阅读，也爱好写作。① 他们常有的问题是：阅读什么？怎样写作？

❶提出疑问

作者开篇提出疑问，引发读者的思考，为下文的讲述做铺垫。

阅读的兴趣大概集中于白话新文学。这又有创作和翻译的分别。似乎还是爱好本国创作的多，因为风土人情到底熟悉些。三十年来新文学作品可读的不少，但是这里先提出鲁迅先生和茅盾先生。他们有鲁迅自选集与茅盾自选集，可惜这两本书现在似乎没有重印，不容易得着。那么，先读鲁迅先生的《呐喊》与《热风》，茅盾先生的《蚀》（包括《动摇》、《幻灭》、《追求》三部曲）也好。翻译可以先读古典，如官话圣经，傅东华先生译的奥德赛与吉诃德先生传，曹未风先生译的《莎士比亚全集》，周学普先生或郭沫若先生译的《浮士德》，郭沫若和高地两先生译的《战争与和平》，韦丛芜先生译的《罪与罚》，傅雷先生译的《约翰·克利斯朵夫》。[1] 旧小说和古文学也该读。前者可以先读《水浒传》、《西游记》、《红楼梦》，后者可以先读“言文对照”的《古文观止》和《唐诗三百首》——前一种可以读姚稚翔先生译注的，后一种可以读姚乃麟先生译注的。

❶举例子

作者分别针对旧小说和古文学列举名著作品，一方面表现了作者对青年人阅读的建议，另一方面表达了作者对文学的痴迷与热爱。

写作的兴趣从前似乎集中于纯文学，现在渐渐转向杂文学。这是健全而明智的转变。表现和批评这时代，杂文学的需要比纯文学似乎更大。杂文学是报章与文学的结合，报章显然是大家都要读的。一方面杂文学的写作成就不太难，纯文学却难得多。

1947 年 11 月

精华赏析

作者并没有用大量的篇幅来描写文学，而是用多名文学家及其作品来表述文学的魅力和写作风格的变化。文章篇幅虽然很短，但是也能对读者产生深刻的影响。

延伸思考

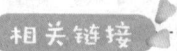

1. 作者对文学持什么态度？从哪里可以看出？
2. 文学家们的写作兴趣有着怎样的变化？
3. 对于怎样复兴文学，你有什么想法？

相关链接

作者用朴实无华却真切的文字，提出对青年人阅读和写作的建议，既体现了他对青年人的关怀和期望，又体现了他对文学的研究和热爱。

阅读总结

名家心得

郁达夫这样评价朱自清：“朱自清虽则是一个诗人，可是他的散文仍能够贮满那一种诗意。”这是对朱自清散文艺术的很精到的评价，也体现了朱自清散文的精髓所在。朱自清有很多的代表作，本散文集收入了他众多的出色散文，无论是写景还是叙事，都呈现出非常唯美的意境。

读者感悟

这些天我读了朱自清的散文，不由得发出感叹，朱自清的散文是如此精彩。有一些散文看似结构比较散，但仔细研究一下，你会在每一篇散文里发现朱自清独到的见解。在当时那个年代，他的看法是非常超前的，说明他具有高瞻远瞩的判断能力。从论吃饭到论文学，从写家乡到写社会，面面俱到，既关注身边小事，更关注国家大事。可见朱自清是一个心有家乡，心怀天下的文人大家！

延伸阅读

在《匆匆》这本散文集里，作者对于不同的主题有着自己独到的见解，其中还有很多和我们的学习有关联，比如《论青年路》《论青年读书风气》等等。当然，我们还可以从作者的身上学到如何更好地阅读和学习。书中有很多文章和我们的生活习惯有关联，比如《匆匆》启迪我们去珍惜时间；还有一些是有关家国情怀的，比如《这一天》等。但我们在阅读的时候，也需要领略不一样的价值与情感，需要学习更多的知识来不断地丰富、提高自己。

真题演练

1. 朱自清的祖籍是 ________，长住 ________。
2. 朱自清与叶圣陶是 ________ 关系。
3.《扬州的夏日》主要写 ________________。

答案

1. 浙江绍兴　扬州
2. 挚友
3. 扬州的水

爱阅读课程化丛书 / 快乐读书吧

外国经典文学馆					
序号	作品	序号	作品	序号	作品
1	七色花	29	泰戈尔诗选	57	木偶奇遇记
2	愿望的实现	30	格列佛游记	58	王子与贫儿
3	格林童话	31	我是猫	59	好兵帅克历险记
4	安徒生童话	32	父与子	60	吹牛大王历险记
5	伊索寓言	33	地球的故事	61	哈克贝利·芬恩历险记
6	克雷洛夫寓言	34	森林报	62	苦儿流浪记
7	拉封丹寓言	35	骑鹅旅行记	63	青 鸟
8	十万个为什么（伊林版）	36	老人与海	64	柳林风声
9	希腊神话	37	八十天环游地球	65	百万英镑
10	世界经典神话与传说	38	西顿动物故事集	66	马克·吐温短篇小说选
11	非洲民间故事	39	假如给我三天光明	67	欧·亨利短篇小说选
12	欧洲民间故事	40	在人间	68	莫泊桑短篇小说选
13	一千零一夜	41	我的大学	69	培根随笔
14	列那狐的故事	42	草原上的小木屋	70	唐·吉诃德
15	爱的教育	43	福尔摩斯探案集	71	哈姆莱特
16	童年	44	绿山墙的安妮	72	双城记
17	汤姆·索亚历险记	45	格兰特船长的儿女	73	大卫·科波菲尔
18	鲁滨逊漂流记	46	汤姆叔叔的小屋	74	母 亲
19	尼尔斯骑鹅旅行记	47	少年维特之烦恼	75	茶花女
20	爱丽丝漫游奇境记	48	小王子	76	雾都孤儿
21	海底两万里	49	小鹿斑比	77	世界上下五千年
22	猎人笔记	50	彼得·潘	78	神秘岛
23	昆虫记	51	最后一课	79	金银岛
24	寂静的春天	52	365 夜故事	80	野性的呼唤
25	钢铁是怎样炼成的	53	天方夜谭	81	狼孩传奇
26	名人传	54	绿野仙踪	82	人类群星闪耀时
27	简·爱	55	王尔德童话		陆续出版中……
28	契诃夫短篇小说选	56	捣蛋鬼日记		

中国古典文学馆					
序号	作品	序号	作品	序号	作品
1	红楼梦	9	中国历史故事	17	小学生必背古诗词 70+80 首
2	水浒传	10	中国传统节日故事	18	初中生必背古诗文
3	三国演义	11	山海经	19	论 语
4	西游记	12	镜花缘	20	庄 子
5	中国古代寓言故事	13	儒林外史	21	孟 子
6	中国古代神话故事	14	世说新语	22	成语故事
7	中国民间故事	15	聊斋志异	23	中华上下五千年
8	中国民俗故事	16	唐诗三百首	24	二十四节气故事

名人传记文学馆

序号	作品	序号	作品	序号	作品
1	雷锋的故事	9	华罗庚传	17	司马光传
2	苏东坡传	10	达·芬奇传	18	屈原传
3	居里夫人传	11	爱因斯坦传	19	科学家的故事
4	中外名人故事	12	牛顿传	20	杰出人物故事
5	比尔·盖茨传	13	岳飞传	21	阿凡提的故事
6	诺贝尔传	14	戚继光传	22	孔子的故事
7	爱迪生传	15	张衡传		**陆续出版中……**
8	达尔文传	16	诸葛亮传		

中国现当代文学馆（语文课本作家系列）

序号	作品	序号	作品	序号	作品
1	一只想飞的猫	18	大林和小林	35	金波经典美文：树与喜鹊
2	小狗的小房子	19	宝葫芦的秘密	36	金波经典美文：阳光
3	“歪脑袋”木头桩	20	朝花夕拾·呐喊	37	金波经典美文：雨点儿
4	神笔马良	21	小布头奇遇记	38	金波经典美文：一起长大的玩具
5	小鲤鱼跳龙门	22	“下次开船”港	39	金波经典童话：沙滩上的童话
6	稻草人	23	呼兰河传	40	金波诗歌：我们去看海
7	中国的十万个为什么	24	子夜	41	吴然精选集：五彩路
8	人类起源的演化过程	25	茶馆	42	吴然精选集：珍珠雨
9	看看我们的地球	26	城南旧事	43	高洪波精选集：陀螺
10	灰尘的旅行	27	鲁迅杂文集	44	高洪波诗歌：彩色的梦
11	小英雄雨来	28	边城	45	肖复兴精选集：阳光的两种用法
12	朝花夕拾	29	小桔灯	46	刘成章散文集：安塞腰鼓
13	骆驼祥子	30	寄小读者	47	刘成章散文集：信天游
14	湘行散记	31	繁星·春水	48	曹文轩经典小说：芦花鞋
15	给青年的十二封信	32	爷爷的爷爷哪里来	49	曹文轩经典小说：孤独之旅
16	艾青诗选	33	细菌世界历险记		**陆续出版中……**
17	狐狸打猎人	34	高士其童话故事精选		

中国现当代文学馆（语文课本延伸阅读系列）

序号	作品	序号	作品	序号	作品
1	荷塘月色	13	长河	25	丁丁的一次奇怪旅行
2	背影	14	寒假的一天	26	小仆人
3	从百草园到三味书屋	15	古代英雄的石像	27	旅 伴
4	徐志摩诗歌	16	东郭先生和狼	28	王子和渔夫的故事
5	徐志摩散文集	17	大奖章	29	新同学
6	四世同堂	18	半半的半个童话	30	野葡萄
7	怪老头	19	红鬼脸壳	31	会唱歌的画像
8	小贝流浪记	20	会走路的大树	32	鸟孩儿
9	谈美书简	21	秃秃大王	33	云中奇梦
10	女神	22	罗文应的故事		**陆续出版中……**
11	陶奇的暑期日记	23	小溪流的歌		
12	从文自传	24	南南和胡子伯伯		

中国现当代文学馆（中高考热点作家系列）

序号	作品	序号	作品	序号	作品
	陆续出版中……				